KB054422

albert camus, Algeria

알베르 카뮈와
알제리

초판 1쇄 인쇄 2020년 3월 18일
초판 1쇄 발행 2020년 3월 25일

지은이	서정완
편집인	서진
펴낸곳	이지퍼블리싱

편집 진행	하진수

마케팅 총괄	구본건
마케팅	김정현
영업	이동진

디자인	김희연

주소	경기도 파주시 광인사길 209 202호
대표번호	031-946-0423
팩스	070-7589-0721
전자우편	edit@izipub.co.kr
출판신고	2018년 4월 23일 제 2018-000094 호

ISBN 979-11-968267-6-5   03810

알베르 카뮈와 알제리

albert camus, Algeria

알제리. 지중해부터 사하라까지 드넓은 자연과 다정한 사람들로 가득한 매력적인 곳이다. 노벨문학상 수상자이자 소설 『이방인』으로 유명한 알베르 카뮈가 이 나라를 매우 사랑했다는 사실을 아는가?

그는 풍경을 생생히 묘사하며 알제리에 대한 애정을 작품 곳곳에 드러냈지만 예상 밖으로 카뮈와 관련된 공간이 제대로 조명된 책이 시중에 거의 없다. 아마도 대부분의 장소가 외국인의 접근이 쉽지 않은 알제리에 있기 때문일 것이다.

카뮈와 그의 작품을 처음부터 좋아한 것은 아니었다. 소설 『이방인』의 주인공 뫼르소를 나도 모르게 카뮈와 동일하게 인식했기 때문이었다. 그런데 알제리의 어느 허름한 동네에서 유년시절을 보낸 카뮈는 성인이 되어서도 늘 그곳을 그리워했다. 카뮈가 내가 좋아하는 알제리를 사랑했다는 사실을 안 순간부터 그에게 흥미가 생겼다.

지금은 그가 알제리의 자연에 품은 깊은 관심, 생생한 묘사, 인간에 대한 무한한 애정, 삶의 예찬 등 카뮈를 좋아할 수밖에 없는 키워드를 꼽을 수 있다. 키워드를 한마디로 요약하면 '힘든 삶이지만 살아있음을 통해 아름다운 세계를 마음껏 만끽하자'가 아닐까.

　　화려하고 성공한 이들이 넘치는 파리보다는 알제를, 지식을 뽐내는 프랑스 지식인보다는 가난하고 억울한 처지의 가난하고 힘없는 이들을 위해 일생을 다해 노력하는 그의 모습에서 지식인의 역할이 무엇인지 알 수 있었다.

　　알제리의 햇빛과 바다를 좋아한다. 나는 그 풍경과 인상을 제대로 표현해낼 능력이 없지만, 카뮈는 그게 가능한 사람이다. 1세기 전 표현한 그의 아름다운 문장을 통해 나는 지금 알제리를 바라본다.

알베르 카뮈

———

　알베르 카뮈Albert Camus와 알제리에 대해 간략히 소개한다. 알제리 출생의 프랑스 작가, 저널리스트, 철학자이다. 1957년 역대 두 번째 최연소 노벨문학상을 수상했다. 대표작으로 소설『이방인』, 『페스트』,『전락』등이 있다. 가난한 가정형편에도 기적적으로 학업을 이어갔고 스승 장 그르니에를 만난 후 평생 그와 교류를 이어 갔다. 청년기에는 공산당에 가입한 적이 있으며 노동극단을 설립해 연극에 몰두하기도 했다. 첫 번째 결혼은 오래 못가 끝났지만 두 번째 결혼은 끝까지 유지되었다. 제2차 세계대전 당시 프랑스 레지스탕스 조직에 가담해 나치에 저항했고 전 세계 인권활동에도 관심을 두었다. 알제리 독립과 관련해 알제리계 프랑스인과 아랍인들과의 공존을 주장하다가 양측의 비난을 받았다. 1960년 프랑스 파리로 이동 도중 교통사고로 사망했다.

About.

알제리

———

알제리는 북아프리카 지중해 연안에 위치하며 전 세계에서 10번째로 국토 면적이 넓다. 아틀라스산맥을 중심으로 북쪽은 지중해성 기후, 남쪽은 사막기후를 보인다. 원주민은 베르베르인이지만 7세기 이후 아랍인이 다수가 되었다. 주 언어는 아랍어와 프랑스어이며 대다수 국민은 이슬람교를 믿는다. 석유와 천연가스 중심의 경제이며 1990년 우리나라와 수교를 맺었다. 카뮈가 살던 시기 알제리는 프랑스 식민지배를 받고 있었고 1954년부터 시작된 알제리 독립전쟁을 거쳐 1962년 독립했다.

contents

EN AVANT!

Chapter 1
신들이 내려와 사는 곳

봄철의 티파자

albert camus, Algeria

"카뮈요? 아… 소설 『이방인』 쓴 사람이죠?"

내가 카뮈에게 관심 있다고 말하면 카뮈를 아는 사람은 그의 대표작 『이방인』을 언급하지만 사실 내가 가장 좋아하는 카뮈의 책은 산문집 『결혼·여름』이다. 그래서 꼭 이렇게 권하곤 한다.

"네, 맞아요. 시간 되시면 『결혼·여름』을 한번 읽어보세요. 카뮈의 진면목을 더 잘 알게 될 거예요."

소설과 달리 산문집의 특성상 작가를 이해할 수 있는 훌륭한 수단이다. 게다가 『전락』과 같은 작품에는 혼돈과 불안의 중년기의 힘들고 고통스러운 카뮈의 모습이 연상되는데 이 산문집에서는 젊고 역동적인 그의 젊은 시절을 만날 수 있다.

봄철 티파자에는 신들이 내려와 산다.

_『결혼·여름』, p.13

자연에 대한 경외와 감탄으로 가득 찬 이 산문집은 알제리 수도 교외의 티파자(Tipasa)에서 시작된다. 나도 티파자를 첫 장소로 선택해 카뮈의 발자취를 따라가보려 한다. 티파자는 수도 알제에서 약 1시간 거리에 위치해 있다. 파리에 간 여행자가 하루 정도 시간 여유가 있을 때 베르사유를 선택하듯 알제리를 여행하는 관광객들이 많이 들르는 곳이다.

오늘날 알제리는 대중교통이 발달하지 않아 대부분 승용차로 이곳을 찾아온다. 나도 차로 이곳을 방문했는데 유적지 근처 주차장에 주차하고 근처 카페에 들러 따뜻한 차 한 잔을 주문했다. 당시 카뮈는 유적지를 둘러본 후 박하 냉차를 마시곤 했는데 그와 반대되는 행동이라고 할 수 있다. 내가 따뜻한 차를 마신 이유는 단순하다. 지금 여기서는 따뜻한 차만 팔기 때문이다. 그가 말한 '차가운 초록빛 박하 냉차 한 잔의 환영'을 느껴볼 수 없어 아쉽다.

카뮈는 등대가 있는 동쪽 루트로 유적지에 입장했지만 현재 동쪽 진입로는 통제된 상태다. 남쪽 정문으로 유적지에 들어서면

맑은 날 티파자의 모습

돌더미 속에서 굵은 거품을 일으키는 파도

유네스코(UNESCO) 기념표지판이 맨 먼저 방문객을 맞이한다.

입구에서 쭉 걸어가다가 우측으로 90도 꺾어 바다 쪽으로 향하면 양쪽으로 시야를 가린 숲을 만난다. 조금 더 걸어 들어가면 숲은 시야에서 사라지고 갑자기 지중해가 나타난다. 뻥 뚫린 시야에서 드넓은 바다가 다가오는데 마치 몸이 빨려 들어갈 것만 같다.

바다 바로 옆에는 구운 식빵 색상의, 로마제국 시대의 각진 기둥들이 도열해 있다. 알제리에는 티파자를 비롯한 수많은 로마 유적이 산재해 있는데, 유적지 수로만 보면 이탈리아 다음이란다. 하지만 여행자 입장에서 로마를 가장 생생히 경험할 수 있는 곳은 바로 알제리다. 다른 나라들은 관광객 인파와 통제 관리인 때문에 떠밀리듯 관람하게 되어 유적지와 나의 교감 기회가 적을 수밖에 없다.

개인적으로 티파자를 자주 방문했지만 올 때마다 늘 새로웠다. 계절과 날씨가 변할 때마다 바다와 하늘이 선사하는 느낌이 달랐고 식물도 변화했기 때문이다. 항상 아름다운 곳이지만 카뮈의 산문집 첫 장의 이름처럼 특히 봄철에 가장 아름답다.

> 태양 속에서, 압생트의 향기 속에서, 은빛으로 철갑을 두른 바다, 야생의 푸른 하늘, 꽃으로 덮인 폐허, 돌더미 속에 굵은 거품을 일으키며 끓는 빛 속에서 신들은 말한다.
>
> _위의 책, p.13

이 공간에 대한 카뮈의 묘사는 압도적이다. 유적과 바다가 직접 만나는 곳에서 아래를 내려다보면 돌 틈에서 지중해 파도는 길을 잃고 이리저리 부딪히며 큰 소리를 내고 있었다. 이런 풍경을 '빛이 끓는다'라고 표현한 그가 경외스럽다.

우리나라 들판에 쑥이 흐드러지게 자라듯 지중해 지역에도 지천으로 널린 것이 여러 종류의 쑥이다. 국내에 압생트(Absinthe)로 알려진 향쑥은 화가 고흐를 통해 유명해졌는데 카뮈는 향쑥을 술이 아닌 식물로 언급한다. 해수욕을 마친 그가 지천에 널린 향쑥 한가운데에 누워 있는 모습을 잠시 상상해보았다. 카뮈에게 바다는 바라보아야 할 대상이 아니라 그 속에 직접 들어가 체험해야 할 대상이다. 그는 덧붙여 말한다. 전라로 바다에 뛰어들어야 한다고.

나는 전라가 되어 대지의 정수로 향기가 아직 배어 있는 몸을 바닷물에 풍덩 던져 땅의 정기를 바다에 씻어야 하고 오래전부터 그토록 땅과 바다가 입술을 마주하고 열망하던 포옹을 내 피부 위에서 맺어주어야 한다.

_위의 책, p.17

그의 말대로 전라로 티파자 바다에 뛰어들기로 결심한 지 한참 지나서였다. 큰맘먹고 티파자 바다로 향한 적이 있었다. 이날 바다에 반드시 뛰어들겠다는 결의를 다졌는데 해변에 있던 여러 관광객 때문에 나는

노란빛과 푸른빛이 만나는 이곳

배를 빌려 더 먼 바다로 향했다.

　전라가 되고 싶었지만 마지막 순간 수치심으로 옷을 다 벗지는 못했다. 적어도 바다에는 뛰어들어야 했다. 약간 망설인 후 결국 뛰어들었다. 그런데 하필 겨울이었다. 나는 찬 것도 물도 안 좋아한다. 게다가 깊은 바닷속에서 뭔가가 나를 끌어당길 수도 있다는 공포심마저 들어 '대지의 정수를 씻는다' 등 카뮈의 말은 생각할 겨를도 없었다. 양팔을 다급히 휘저으며 배 위로 다시 올라왔다.

　그를 따라 한다면 해수욕을 즐긴 후 소금 맛 나는 내 몸을 땅에 눕혀야 했지만 때가 겨울이어서 그럴 엄두가 안 났다. 서둘러 물기를 닦고 주섬주섬 옷을 챙겨 입었다.

　이 태양, 이 바다, 젊음이 솟구치는 이 가슴, 소금 맛 나는 내 몸, 부드러움과 영광이 노란빛과 푸른빛 속에서 만나는 무대장치가 바로 그것이다.

_위의 책, p.18

　그는 예술을 통해 단순하고 위대한 이미지를 찾는다고 했다. 이것이 오래된 유적 공간에서 그가 얻은 교훈이 아닐까.

　적어도 그것만은 확실히 알고 있나니 바로 이 유적의 시간이더라도 인간에 의해 이루어진 작품은 예술이라는 우회 길들을 거쳐 처음으로 가슴을 열어 보였던, 단순하고 위대한 2~3개 이미지를 다시 찾기 위한 긴 여정외에 아무것도 아니라고 꿈꾸어보지 못하게 막을 것은 아무것도 없다.

_「안과 겉」, p.32

티파자로 돌아오다

albert camus, Algeria

성인이 되어 알제리를 떠난 카뮈. 유럽 생활이 맞지 않아 힘겨웠던 그는 알제에 돌아올 때마다 젊은 시절 자주 찾던 티파자를 방문했다.

티파자로 돌아갈 순간을 기다리는 것 외에는 내가 무엇을 기다리는지도 잘 모르면서 고집스럽게 버티고 있었다.

_『결혼·여름』, p.158

맑다가 갑자기 소나기가 한바탕 쏟아붓고 그러다 아무 일도 없었다는 듯 날이 개는 것이 이곳 날씨다. 그가 그런 특징을 놓칠 리 없다.

알제의 비는 단 2시간 만에 범람해 광활한 헥타르의 땅을 쑥대밭으로 만들다가도 돌연 물이 말라버리는 내 고장의 냇가들처럼 그치지 않을 것처럼 보이다가도 한순간 뚝 그친다는 것을 나는 알고 있지 않았던가?

변덕스러운 날씨 덕분에 한국에서보다 더 자주 무지개를 볼 수 있다

(중략) 세계가 처음 생기던 아침에 대지는 이런 빛 속에서 솟아났을 것
이다. 나는 다시 티파자 가는 길로 접어들었다.

_위의 책, p.162

　카뮈는 아마도 티파자로 향하는 버스의 오른쪽 좌석에 앉았을 것이
다. 그쪽에 앉아야만 바다 풍경을 감상할 수 있으니.

　그 69km 여로에서 내게는 어느 하나 회상과 감동으로 덮이지 않은 곳
이 없다. 치열했던 어린 시절, 부르릉거리는 버스를 타고 가던 청소년
시절의 몽상들, 아침 나절들, 싱그러운 처녀들, 해변, 항상 힘주어 팽팽
하기만 하던 젊은 근육들, 16살 가슴속에 찾아드는 저녁 나절의 가벼운
불안, 살아남으려는 욕망, 영광, 오랜 세월 한결같은 하늘, 힘과 빛이 무
한대여서 자신도 달랠 수 없어 정오의 무시무시한 시각이면 십자가 모
양으로 바닷가 모래밭에 바쳐진 제물들을 여러 달 동안 하나씩 삼켜버

(위) 물굽이를 끼고 도는 슈누아
(아래) 카뮈는 슈누아산을 갑자기 멈춰선 파도로 비유했다.

리는 하늘 (중략) 단 한 덩어리로 도려진 육중하고 단단한 그 산, 스스로
바다에 들어가 잠기기 전 서쪽으로 티파자 물굽이를 끼고 도는 슈누아
를 다시 보고 싶었다.

_위의 책, p.162

옆에 가 닿기 훨씬 전 그것은 아직 하늘과 혼동되어 보이는 푸르고 가벼
운 수증기 같은 모습으로 멀리서 보이지만 우리가 가까이 다가가면 조
금씩 짙어지고 그것을 둘러싼 바닷물 색을 띠는데 그 엄청난 충동이 금
방 잔잔해진 저 바다 위에서 갑자기 정지된 것 같은 요지부동의 거대한
파도다.

_위의 책, p.163

그의 작품들 속에서 슈누아 산은 대부분 원경으로 등장한다. 가까이 있는 존재가 아니라 저 멀리 손에 안 닿는 존재로 '갑자기 멈춘 파도'나 '단단한 등줄기'로 표현될 뿐이다. 그는 산을 좋아하지 않은 듯하다. 프랑스에서 건강이 좋지 않아 산에서 요양해야 했을 때도 산을 좋아하지 않는 모습이 엿보인다.

싸늘한 저 산맥 위에 흐르는 저녁이 마침내 가슴을 얼음처럼 차갑게 하고 만다. 나는 프로방스나 지중해 해변 밖에서는 이런 저녁 시간을 견딜 수 없다.

_『작가 수첩 II』, p.236

산에 비하면 바다라는 존재는 그에게 절대적이다. 사랑과 찬미의 갈증을 채워주는 바다에 대한 예찬을 멈추지 않는다.

정오가 되자 지난 며칠 동안의 성난 파도가 물러가면서 남겼을 거품과 같은 향일성 식물 꽃이 뒤덮인 반은 모래땅 비탈 위에서 나는 그 시간이면 기진맥진한 동작으로 겨우 조금씩 부풀어 오르던 바다를 바라보았고 존재가 말라붙지 않으면 오랫동안 속여 달랠 수 없는 두 가지 갈등인 사랑과 찬미를 충분히 채우고 있었다. 사랑받지 못하는 것은 단지 운이 없는 것이지만 사랑하지 못하는 것은 불행이니 말이다.

_『결혼·여름』, p.164

로마 유적지 안에서 가장 높은 지역으로 생트-살사 바실리카(La Basilique Sainte-Salsa)가 있다.

바다가 수평선 한쪽 끝에서 다른 쪽 끝으로 거대하고 메마른 강처럼 흐른다고 묘사했던 풍경

티파자 동쪽의 생트-살사 언덕 위에는 저녁 속에 뭔가 깃들어 살아 있다. 아직 밝은 것이 사실이지만 빛 속에는 눈에 안 보이는 쇠잔한 기미가 낮의 끝을 예고하고 있다. 밤처럼 가벼운 바람이 일고 돌연 파도가 없는 바다가 방향을 잡으면서 수평선 한쪽 끝에서 다른 쪽 끝으로 거대하고 메마른 강처럼 흐른다.

_위의 책, p.167

나는 잊히지 않을 자유를 거기서 다시 찾길 기대했던 것 같다. 20년도 더 전에 나는 그곳에서 폐허 사이를 헤매고 압생트 풀 냄새를 맡고 돌에 기대어 몸을 데우고 봄이 지나도 살아남았다가 금방 꽃잎이 지는 작은 장미들을 찾아다니며 수많은 아침 나절들을 송두리째 보냈다. (중략) 그때 나는 그야말로 살고 있었던 것이다. 15년 후 나는 첫 번째 물결이 지척에 밀려드는 내 폐허들을 다시 찾아냈고 쓸쓸한 나무들이 뒤덮

대학로 소극장과 같은 공간감을 준다.

인 벌판을 가로질러 잊혀진 옛 마을길들을 따라 걸었으며 만을 굽어보
는 언덕 위에서 빵 색상의 원기둥들을 한 번 더 어루만져 보았다.

_위의 책, p.158

이제 카뮈의 추모비 La stèle d'Albert Camus에 찾아갈 시간이다. 이
곳은 로마 유적지에서 서쪽으로 한참 더 가야 나온다. 1961년 4월 알제
리에서 카뮈의 친구들이 티파자에서 열린 카뮈 추모비 건립식에 참석
했는데 이 추모비는 티파자 폐허에서 발견된 페니키아 묘석으로 만들
어졌다. 당시 전쟁이 끝나지 않아 현장에서는 작업할 수 없었다. 추모비
는 알제로 옮겨져 루이 베니스티(Louis Bénisti)가 조각했다. 추모비에는
다음과 같이 적혀 있다.

나는 여기서 사람들이 영광이라고 하는 것이 무엇인지 깨닫는다.
그것은 거리낄 것 없이 사랑할 권리다.

첫 번째 물결이 밀려드는 그의 폐허들은 어디일까

그가 말한 사랑은『결혼·여름』을 보면 알 수 있다.

이 세상에 사랑은 단 한 가지뿐이다. 여자의 몸을 껴안는 것, 그것은 하늘
에서 바다로 내려오는 신기한 기쁨의 빛을 자신의 몸에 껴안는 것이다.

_위의 책, p.17

티파자는 오늘 나의 인물이다. 그 인물을 쓰다듬고 묘사할 때 내 도취
감은 끝없게 여겨진다. 사는 시간이 따로 있고 삶을 증언하는 시간도
따로 있으며 창조하는 시간도 따로 있다. 그것은 덜 자연스러운 행위
다. 나는 오직 내 몸 전체로 살고 내 마음 전체로 증언하면 된다. 티파자
를 살고 그것을 증언할 일이다. 예술 작품은 그 후에 올 것이다. 거기에
바로 자유가 있다.

_위의 책, p.20

• **참고** 이곳은 국내에 '티파사'로도 번역되어 있지만 현지 발음과 표기를 고려하면 '티파자'가 맞다.

Travel Sketch

로마 유적과 바다가 어우러진 곳

Chapter 2

사람들이 잘 모르는 그의 집

★

그의 집은 어디인가?

나는 사람들이 내 고향을 물어볼 때마다 대답을 머뭇거리곤 한다. 서울에서 태어났지만 이듬해 광주로 내려와 대학 입학 전까지 모든 시간을 그곳에서 보냈기 때문이다. 카뮈도 고향이 어디라고 대답하기 쉽지 않았을 것이다. 1913년 알제리 동부 드레앙(Dréan; 당시는 몽도비Mondovi)에서 태어난 이듬해 알제(Alger; 알제리 수도)로 이주했으니 말이다.

특정 작가를 좋아한다고 가정하면 먼저 그의 작품들을 찾아 읽은 후 그가 살았던 고향과 집에 다녀오고 싶다는 생각이 들 것이다. 위대한 작가의 숨결이 닿은 과거 공간에서 어떤 비밀을 찾아내고 싶은 욕망 때문일 텐데 그런 관점에서 카뮈를 좋아하는 사람은 드레앙이 아닌 알제 집에 들르는 것이 나을 것이다. 그는 1931년까지 알제의 벨쿠르(Belcourt)라는 동네에서 살았는데 유아기부터 성인이 될 때까지 대부분의 시간이다. 정확히 말해 카뮈 외할머니 소유인 이 작은 집에 가족이 얹혀살게 된 것은 아버지 사망 때문이었다. 독일이 프랑스에 선전포고했던 1914

거리의 현재 명칭은 모하메드 벨루이즈다드 거리다.

년 그의 아버지 뤼시앵 카뮈(Lucien Camus)는 알제리 원주민 보병으로 징집되어 프랑스 본토로 투입된 지 두 달도 안 되어 마른 전투에서 입은 부상으로 결국 사망했다.

　내가 카뮈의 집을 찾아보기로 처음 결심한 것은 2013년이었다. 출발하기 전 집 주소를 인터넷에서 검색해보았다. 한글로 된 마땅한 자료가 없어 프랑스어 사이트를 뒤져보았지만 정확한 정보를 입수하기 어려웠다. 1962년 알제리 독립 이후 알제리에 남아 있던 대부분의 프랑스인은 급거 본국으로 귀국했고 이후 프랑스에서 알제리로의 인력 이동이 많지 않아 프랑스 내에서도 알제리 관련 정보가 부족한 것 같다. 그러다 보니 사이트 내에서 사람들은 카뮈의 집이 벨루이즈다드 거리(Rue Belouizdad) 93번지인지, 124번지인지 논쟁 중이었다.

　나는 93번지부터 찾아가기로 했다. 주소 체계는 프랑스식이어서 길 한쪽에 홀수 번지 건물이 보이면 그쪽 건물은 모두 홀수였다. 93번지 건물에 도착해보니 1층은 상점, 2층은 가정집이었다. 나는 여러 상점 중 핸드폰 상점에 들어가 넉살 좋아 보이는 주인 아저씨에게 물어보았다.

"혹시 여기가 카뮈의 집 맞나요?"

주인은 웃으며 대답했다.

"맞아요. 위층에 살았죠."

상점 주인의 대답에도 나는 카뮈의 집으로 확신할 수 없어 곧바로 124번지로 향했다. 그리고 또다시 길에서 만난 여러 사람에게 물어보기 시작했다.

"혹시 카뮈의 집을 아세요?"

약 10명에게 물어보았지만 카뮈를 아는 사람은 한 명도 없었다. 124번지에 도착해 옆 건물의 카페 주인에게 물어보고서야 카뮈를 아는 두 번째 사람을 만날 수 있었다.

124번지 건물은 3층 가정집 구조로 현관에 들어서자마자 계단이 보였다. 달팽이 형태의 원형 계단을 따라 2층에 오르면 양쪽 현관문이 한 층에 두 가구가 살고 있다는 것을 말해주었다. 왼쪽 집 앞에 서서 노크를 할지 말지 한참 고민하다가 어렵게 노크해보았다. 아무도 없는지 인기척이 없었다. 건물 옥상까지 올라가 보았지만 두 곳 중 어디인지 결론 내리지 못한 채 집으로 돌아올 수밖에 없었다.

당시 나는 카뮈의 작품을 많이 모르던 시절이어서 작품 안에서의 묘사를 근거로 그의 집을 알아낼 방법까지 생각해보지는 못했다. 내가 읽은 『김화영의 알제리 기행』에는 124번지로 되어 있어 별 의심 없이 그렇게 믿어왔고 이후 지인들과 산책 삼아 가끔 124번지 집을 찾아보곤 했다.

93번지 건물 전경(2013년 촬영)

그런데 얼마 전 우연히 카뮈 연구가인 프랑스인 미셸 옹프레이(Michel Onfray)가 93번지가 카뮈의 집이라고 말한 사실을 알게 되어 새로운 의문이 들었다. 이번에는 카뮈의 작품에서 그의 집이 어떻게 묘사되어 있는지를 근거로 그의 집을 조사했다.

그의 산문집 『안과 겉』, 「긍정과 부정의 사이」 53페이지에 정확히 '겨우 2층집'이라는 표현과 그의 전기문 『지상의 인간』 1권에 '3가구가 복도 화장실을 공동으로 사용했다'라는 표현이 있다. 이를 근거로 93번지라고 쉽게 추론할 수 있었다. 93번지 건물은 2층집에 다가구 공동생활이 가능한 구조이지만 124번지 건물은 3층집에 단 2가구가 위치한 구조이기 때문이다. 지금까지 내 소개로 124번지를 카뮈의 집으로 알게 된 지인들에게 미안한 마음을 전한다.

6년 만에 다시 93번지 집을 찾아갔다. 건물 아래층에 아직도 핸드폰 상점이 있는지도 궁금했다. 핸드폰 상점은 아직 있었고 주인이 안 바뀌었다면 나를 알아볼 거라는 기대감으로 매장 안에 들어갔다. 하지만 그 기대는 나만의 욕심이었다. 이전 주인이 아

(위) 124번지 건물
(아래) 124번지 건물 옥상에서 바라본 거리 풍경

(1) 93번지 건물(2019년 활영)

(2) 2013년에 찍은 계단 사진

(3) 다시 찾은 93번지. 핸드폰 상점은 6년 전보다 간판이 세련되게 바뀌었다.

니었기 때문이다. 핸드폰을 구경하는 대신 자신을 바라보는 내 시선을 느낀 주인은 내게 무엇을 찾느냐고 물었고 나는 사실대로 대답했다.

"카뮈 때문에 왔습니다."

"네, 맞아요. 2층에 살았죠. 저 문 뒤 계단을 올라가면 2층으로 올라갈 수 있지만 사람이 살고 있으니 안 올라가는 게 좋을 거예요."

"2층으로 올라가는 계단은 저곳뿐인가요?"

"네."

계단으로 향한 문은 닫혀 있었고 다른 손님들을 응대하느라 바쁜 주인에게 문을 열어달라고 굳이 부탁하고 싶지 않았다. 내가 계단을 보고 싶었던 것은 다음과 같은 그의 표현 때문이다.

나는 빈민가에서 살던 어린아이를 생각한다. 그 동네, 그 집! 겨우 2층집에 계단에는 불도 없었다. 여러 해가 지난 오늘도 그는 한밤중에라도 찾아갈 수 있을 것이다. 발을 한 번도 헛디디지 않고 단숨에 계단을 뛰어올라갈 수 있다는 것을 그는 알고 있다. 그 집은 그의 몸이 기억한다. 두 다리는 계단 하나하나의 정확한 높이를 기억하고 있다. 손에는 결코 이겨낼 수 없던, 계단 난간에 대한 본능적 공포감이 남아 있다. 바퀴벌레 때문이었다.

_『안과 겉』, 「긍정과 부정의 사이」, p.53

집 외부에는 그를 기념하는 표식이라곤 전혀 없었다. 이 집이 프랑스에 있었다면 어땠을까? 그를 기념하는 현판은 물론 주변에 기념품점이 줄지어 생겼을지도 모른다. 그의 대표작 『이방인』은 프랑스어로 쓰인 저작물 중 『어린 왕자』, 『해저 2만 리』에 이어 전 세계에 3번째로 가장 많이 팔렸고 68개 언어로 번역될 만큼 유명 작품인데 그런 위대한 작가가 살았던 집이 정작 현지에서는 기억되지 않는다니 안타까울 뿐이다.

★

어머니의 공간

카뮈의 자전적 소설『최초의 인간』에서의 묘사를 통해 그의 집 내부를 상상해볼 수 있다.

> 회칠을 한 방에는 가구라곤 중앙에 놓인 사각형 탁자, 벽을 따라 붙여 놓은 찬장, 긁힌 상처들과 잉크 자국투성이의 작은 책상, 땅바닥에는 저녁에 반 벙어리인 삼촌이 누워 자도록 담요 한 장을 깔아 놓은 작은 매트, 의자 5개가 전부였다.

가난한 살림살이였음을 충분히 유추할 수 있다. 이 좁은 집에서 카뮈는 할머니, 어머니, 삼촌, 형과 살았고 외부 세계와 소통하면서 자신이 극빈층임을 깨달았다. 학교에 함께 다니던 친구 집을 구경하거나 친구의 프랑스 본토 이야기를 들으면서 자신의 집이 정상 범주에 있지 않음을 깨달은 것이다. 전쟁 미망인인 그의 어머니는 빈약한 종신연금을 받

으며 가정부로 일했다. 카뮈는 학교 생활기록부 조사에서 어머니 직업
란에 '하녀'로 적어야 할지 말지 친구와 대화를 나누기도 했다.

> 월말이 되면 매우 고무적인 미소를 지으며 어머니는 이렇게 말씀하신다.
> "오늘 저녁은 밀크를 탄 커피를 마시자. 가끔 기분전환이 되거든."
>
> _『작가 수첩 I』, p.133

수금하는 월말이 되어서야 자신에게 주는 보상이 고작 밀크커피일
정도로 가난했지만 그에게 가난은 문제가 안 되었다. 어머니의 무한한
사랑 덕분이었다. 그리고 오랜 시간이 지난 후에도 어머니의 사랑을 잊
지 않았다. 노벨문학상 수상 소식에 카뮈는 알제에 있던 어머니에게 즉
시 전화를 걸었다. 당시 일기에 다음과 같이 적혀 있다.

노벨상. 억압과 우수가 함께 섞인 이상한 감정. 가난하고 헐벗었던 20살 때 나는 진정한 영예를 체험했다. 나의 어머니.

_『작가 수첩 Ⅲ』, p.288

그의 글에서 '어머니'는 자주 등장하는 단어다. 가장 인상적인 구절은 마지막 유작 『최초의 인간』의 '절대로 이 책을 못 읽을 당신께'로 시작하는 서문이라고 생각한다.

어린 시절 집에서 어머니의 공간은 어디였을까? 카뮈의 기억으로 그녀는 덧문을 통해 거리 풍경을 바라보았다. 항상 똑같은 자리에, 똑같은 불편한 의자에 앉아 부드럽고 음울한 눈빛으로 식당의 닫아 놓은 덧문을 통해 거리에서 올라오는 후끈한 빛을 바라보고 있었다. 카뮈는 성장해 이 집을 찾아왔을 당시의 느낌을 이렇게 표현했다.

그는 파리를 떠나 아프리카로 갈 때마다 이런 기분이었다. 어렴풋 솟아오르는 희열, 부푼 가슴, 극적 탈출에 성공하고 경비병의 얼굴을 상상하며 껄껄대는 승자의 만족감. 육로나 기차 편으로 돌아올 때마다 변두리 동네 첫 번째 집들이 나타날 때면 그의 가슴은 죄어들었다.

_『최초의 인간』 p.49~50

사랑하는 어머니가 계신 곳으로 찾아가는 그의 발걸음이 얼마나 가벼웠을지 상상이 된다. 거리는 카뮈가 태어나기 이전 시대에 지은 건물 대부분이 여전히 건재해 그의 시대와 비교해 거리의 실루엣은 별로 변하지 않았다. 다만 최근 내가 이곳을 찾았을 때는 벨루이즈다드 동네 축

카뮈의 어머니는 저 창문으로 거리 풍경을 바라보았을 것이다.

구팀이 알제리 컵을 우승한 때여서 거리 곳곳이 클럽의 상징색인 붉은
색으로 뒤덮여 있었다.

그와 대화를 나누던 어머니가 일어나 부엌으로 가자 카뮈는 어머니
의 자리에 앉아 이렇게 생각해본다.

옛날과 똑같은 가게들은 햇빛 때문에 색이 바래고 칠이 벗겨져 있다. 오
직 건너편 담뱃가게만 속 빈 가는 갈대로 엮은 장막을 알록달록한 플라
스틱 긴 끈들로 바꾸었을 뿐이다.

_『위의 책』, p.83

붉은색으로 뒤덮인 벨루이즈다드 거리

자녀에게 손찌검 한 번 안 하고 큰 소리로 야단 한 번 쳐본 적 없는 어
머니. 카뮈의 할머니가 그를 회초리로 때릴 때 그녀는 말리지도 못하고
바라만 볼 정도로 수동적이었다.

누군가 그녀에게 이렇게 물었을지도 모른다. "노벨문학상을 받은 아
들로 키워내다니 대단하십니다. 자녀교육의 비법이라도 있나요?" 하지
만 청각장애가 있는 데다 집안 형편도 어려워 제대로 교육도 못 시켜본
그녀가 무슨 대답을 할 수 있었을까? 게다가 그녀는 카뮈에게 제대로 된
책 한 권을 골라주거나 사줄 수도 없을 만큼 가난했으니 더 할 말도 없
었을 것이다. 우리 시대로 돌아가보자. 자식을 잘 키워내려면 어떻게 해
야 하는가? 부모의 철저한 교육계획, 풍부한 경제적 뒷받침이 우선인가,
자식에 대한 사랑이 우선인가?

그래서 나는 카뮈가 사용하는 '사랑'이라는 단어가 좋다. 그것은 많
은 것을 포용하고 무한한 경계를 보여주는 어머니의 사랑에 기반하기

(위) 카뮈 어머니의 묘. 카뮈의 아버지 이름은 루시앙 카뮈, 어머니 이름은 카트린 생테스다.
(아래) 도움을 준 관리인들.

때문이다. 물론 그가 말하는 사랑에는 여인에 대한 사랑도 포함되지만.

전 세계가 전쟁의 광풍에 휩싸여 있을 때 어머니가 걱정된 카뮈는 프랑스 본토로 가자고 제안했지만 여러 습관이 배어 있는 그 집과 동네를 떠나 모든 것이 낯선 동네로 이사하는 것을 어머니는 원하지 않았다.

(1)	
(2)	(3)

(1) 묘지 정면 모습.
(2) 연도별로 정리된 명부. 오른쪽 액자에 쓰여있듯이 이전 이름은 '브뤼가 묘지'였다.
(3) 드디어 찾아낸 카뮈 어머니의 이름.

1960년 그녀는 결국 알제리에서 세상과 하직했고 동네에서 멀지 않은
브뤼가(Boulevard Bru)의 묘지(지금은 크리스찬 묘지Cimetière Chrétien로 이름이
바뀌었다)에 묻혔다.

　이곳에서는 죽음과 관련된 것이라면 뭐든지 우스꽝스럽고 추악하다.
종교도 우상도 없는 이 국민은 군중 속에서 살다가 혼자 죽는다. 이 세

상에서 가장 아름다운 것 중 하나인 풍경을 마주 보는 브뤼가의 묘지보
다 더 살풍경한 장소를 나는 모른다.

_『결혼·여름』, 「알제의 여름」, p.43

이보다 더 살풍경한 장소를 알지 못한다고 카뮈가 평가한 브뤼가 묘
지에 그의 어머니가 묻힌 데는 카뮈가 그녀보다 먼저 세상을 떠난 이유
도 한몫했을 것이다. 나는 이런저런 일로 이 근처를 지나간 적이 많아
한 번쯤 묘지 안을 들어가 보는 것은 쉬울 것으로 생각했지만 이곳을 찾
아올 때마다 묘지 문은 닫혀 있었다.

그러던 어느 토요일 문이 열린 것을 보고 잠시 후 친구와의 약속도 잊
고 안으로 들어갔다. 내가 입구에서 두리번거리자 묘지 관리인이 웃으
며 다가왔다.

"찾는 분 있으세요?"

"네, 카뮈 어머니요."

"그분의 성함이 어떻게 되나요?"

"카트린 헬레나 생테스(Catherine Hélène Sintès)입니다. 1960년 이곳에
묻혔어요."

그는 나를 입구 옆 작은 건물로 데려갔다. 그는 1960년 매장된 망자
들의 이름이 적힌 두꺼운 명부를 책상 위에 내려놓았고 나와 함께 그녀
의 이름을 찾기 시작했다. 한참 후 C(Camus)가 아닌 S(Sintès)에서 그녀의
이름을 찾았다.

우리는 다른 관리인과 함께 묘지 하단부로 내려갔다. 가는 도중 멀리
지중해가 보였고 묘지 주변은 잘린 나뭇가지, 낙엽 등으로 조금 어수선

관리인의 안내로 경사를 내려가는 도중 보이는 바다

했다. 관리인의 설명에 의하면 수십 년 동안 이 묘지가 관리되지 않았기 때문이란다.

경사로를 다 내려가자 그들 중 한 명이 그녀의 묘를 알려주었다. 주변 묘보다 더 세심히 관리된 것 같았다. 얼마 전 미국인 저널리스트가 무덤 덮개 부분을 교환했기 때문이라고 한다. 누군가 돌봐주는 사람이 있다니 다행이다.

묘지까지 안내해준 두 분께 내가 사진을 찍어드렸더니 활짝 웃으셨다. 다음에 다시 찾아올 때는 먹거리라도 싸서 오겠다고 약속했다. 카뮈 대신 그의 어머니 묘 앞에 꽃다발도 가져올 계획이니 다음에 올 때는 두 손이 가득할 것이다.

카뮈는 어머니가 이곳에 묻히리라곤 예상하지 못했을 것이다. 교통사고 사망과 같은 무의미한 죽음을 경계했던 그는 자동차 사고로 세상을 떠날 운명도 몰랐을 것이다. 카뮈의 삶은 이렇게 예측 불가능한 것들로 가득했다.

Travel Sketch

담배를 문 그의 얼굴은 널리 알려져 있지만
그의 집을 기억하는 사람은 거의 없다.

Chapter 3
가난한 동네, 벨쿠르

모두 가난한 곳

albert camus, Algeria

밥 엘 우에드에서도 그렇듯이 벨쿠르에서도 사람들은 어린 나이에 결혼한다. 일찍부터 일하고 10년 동안 한 명의 일생 경험을 다 해본다. 30살 노동자는 도박의 모든 패를 잡아본 셈이다. 그는 아내와 자녀들 사이에서 자신의 종말을 기다린다.

_「결혼·여름」, 「알제의 여름」, p.41

카뮈의 집을 본 후 벨쿠르 거리를 쭉 걸었다. 당시와 마찬가지로 지금도 가난한 사람들을 대변하는 장소는 뭐니뭐니 해도 카페다. 한국 돈 200원 정도면 진한 에스프레소 커피를 즐길 수 있는데 커피 한 잔 시켜놓고 몇 시간 동안 죽치고 앉아 있어도 뭐라고 하는 사람이 없다.

대중적인 카페 손님은 모두 남자인데 카뮈 시대와 달리 이슬람 국가로 회귀한 알제리의 대부분 공간은 남녀 구분이 있다. 남녀가 함께 자유롭게 드나드는 곳은 일부 장소로 한정되는 분위기다.

알제리 독립투사 사진으로 도배된 카페 벽면

　카페 안에 머무는 대부분 손님들은 급한 일이 없었다. 그들은 카페에 들어온 낯선 동양인인 나를 한참 쳐다보았다. 나는 에스프레소 한 잔을 받아들고 그들처럼 의자 하나를 차지했다.

　카뮈가 말한 '자신의 종말을 기다리는 30살 노동자'를 찾을 수는 없었지만 중노동에 손이 부르튼 사람들은 눈에 쉽게 띄었다. 일감이 불규칙한 일용직 노동자는 일이 없는 날 카페에서 시간을 보내는 경우가 많다. 이렇게 카페에 남자들이 많은 것은 좁은 집 내부를 여자들에게 양보하는 목적도 있다. 여자들은 외출하는 경우가 드물어 남자들이 나와주는 것이다.

벨쿠르의 다른 카페에서 커피를 주문해놓고 기다릴 때의 일이다. 카페 입구에서 사람들이 웅성거리는 소리를 들었다. 주위 사람에게 물어보니 알제리 전직 유명 축구선수가 카페에 들어온 것이었다. 그에게 다가가 반갑게 인사하고 사진을 함께 찍었다. 그런 유명인사까지도 스스럼없이 주변 사람과 어울리는 장소라는 데 크게 놀랐다. 대부분의 부유층은 자신의 부를 굳이 드러내지 않는다.

카뮈 시대에 벨쿠르 초등학교에서 고등학교로 진학한 학생은 거의 없었고 카뮈 이외에 주목할 만한 경력을 쌓은 학생은 한 명도 없었다고 한다. 하지만 카뮈는 이 동네에 불평보다 감사하는 마음을 가졌다. 오히려 벨쿠르 동네를 최초 학교처럼 생각했다.

다양한 인종과 직종이 뒤섞인 동네 덕분에 카뮈는 훗날 프랑스에서 만나는 작가나 다른 지성인은 물론 알제 중산층 친구들조차 공유하지 못한 삶과 매일 조우하며 성장할 수 있었다는 것이 그의 논리다. 친구들

오래전 방문했던 벨쿠르의 다른 카페 내부.
커피 한 잔 시켜놓고 오래 죽치고 앉아 있는 사람들이 많다.

오늘날에도 이 동네에는 가난한 사람들이 많이 산다.

의 말에 의하면 카뮈는 다양한 계층의 사람들과 편하게 대화하는 능력을 잃은 적이 단 한 번도 없었다고 한다.

마르크스로부터 자유를 배우지 못했다고 주장한 비평가에게 카뮈는 이렇게 말한 적이 있다.

"맞는 말이다. 내가 자유를 배운 것은 가난 속에서였다."

당시 그의 동네 벨쿠르의 대부분의 젊은이들은 성인이 되어 반복되는 중노동을 견디거나 악의 구렁텅이로 빠지는 둘 중 하나였다고 한다. 가난 속에서 자칫 악의 길로 빠질 수도 있는 상황에서 자신의 꿈을 지켜낸 것은 대단하다. 그가 언제 작가의 꿈을 갖게 되었는지는 알 수 없지만 7살 때부터 작가가 되고 싶었다고 친구 마르그리트 도브렌(Marguerite Dobrenne)에게 말한 적이 있다. 그 꿈이 실현되기까지 첫 번째 스승 루이 제르맹(Louis Germain)의 역할은 인생 초반에 매우 중요했다.

아버지 얼굴을 본 적도 없는 카뮈에게 루이 제르맹 선생님은 때로는 아버지와 같은 존재로서 그를 이끌어주었다. '가난은 출구 없는 감옥'이라고 했던가? 그런 상황에서 카뮈는 학교가 있어 기뻤다고 소설『최초의 인간』에서 "보고 아는 거라곤 지중해의 동남풍 시로코 바람과 먼지, 굉장하지만 금방 그치는 소나기, 해변 모래와 햇빛을 받아 불타오르는 듯한 바다뿐인 그 아이들은 신화와 같은 이야기들이 실린 교과서를 읽고 있었다."라고 고백했다.

초등학교 졸업이 다가오자 선생님은 카뮈를 비롯해 아이 4명을 불러 말했다.

"자, 너희들은 내가 가르친 가장 우수한 학생들이다. 나는 너희를 중·고등학교 장학생 선발시험에 응시시키기로 결정했다. 중·고등학교에 가면 모든 문이 열린다. 그 문으로 들어가는 사람이 기왕이면 너희처럼 가난한 아이들이었으면 좋겠다. 그러려면 부모님의 허락이 필요하다."

집안에서 이 소식을 전해들은 할머니는 이렇게 말씀하셨다.

"도대체 그게 무슨 소리냐? 대학 입시는 몇 살에 치는 거지?"

"6년 후에요."

집안 주인인 카뮈의 할머니는 대답한다.

"똑똑하든 않든 내년에는 이 아이를 수습공으로 넣어야 해. 그래야 주급이라도 타 오지."

이튿날 집안 허락을 받아온 다른 3명의 아이와 달리 카뮈는 친구들보다 가난하다는 느낌 때문에 속상했지만 이 사실을 알게 된 제르맹 선생님은 카뮈 집으로 찾아가 할머니를 설득해 상급학교에서 공부를 이어

알제 전경. 맑은 날의 하늘과 바다는 너무나 아름답다.

가도록 허락을 받아냈다. 과외비 낼 돈이 없다는 할머니의 말에 '카뮈가 벌써 다 냈다'라고 둘러대면서.

그리고 카뮈는 중·고등학교 장학생 선발시험에 합격해 학업을 이어 갈 수 있었다.

세계는 아름답다.

_『결혼·여름』, 「사막」, p.67

그의 슬픈 기억들

albert camus, Algeria

오늘은 카뮈가 겪은 슬픈 기억을 주제로 여행할 생각이다. 우선 벨쿠르 동네에서 영화관을 찾아야 했는데 벨쿠르에서 알제 중심 방향으로는 극장 하나 없다. 카뮈 시대에는 벨쿠르만 하더라도 여러 극장이 있었지만 지금은 알제 전체 극장 수가 열손가락 안에 들 정도로 영화산업은 침체 상태다.

카뮈 집에서 알제 외곽 방향으로 조금 나오다 보면 과거에 극장이던 큰 건물이 보인다. 극장 이름은 록시(Roxy)다. 카뮈가 할머니와 함께 갔던 극장이 이곳인지는 불분명하다.

그의 어린 시절은 무성영화 시대였다. 영화가 상영될 때 행동의 의미를 설명하기 위해 화면에 텍스트를 비추어주었다고 한다. 할머니는 문맹이어서 카뮈에게 자막을 읽도록 했는데 그것이 비극의 시작이었다.

그는 옆 사람들을 방해하지 않겠다는 생각과 홀 내부 사람들에게 할머니가 글을 읽을 줄 모른다는 사실을 알리면 안 된다는 조바심에 자막

극장이던 건물은 지금은 문이 닫혀 있다.

을 큰 소리로 읽을 수 없었다. 내용의 절반만 알아들은 할머니는 자막을 한 번만 더 읽어달라고 그에게 요청했다. 그는 더 큰 소리로 반복해야 했다. 그 옆에서 '쉿'하는 소리가 들리면 카뮈는 당황해 말을 더듬었고 그러면 또 이번에는 할머니는 그를 야단쳤다.

어린아이에게 복잡한 영화 내용과 계속되는 할머니의 요구, 옆 사람들의 잔소리 사이에서 난감해진 그는 결국 입을 다물게 되었다. 할머니는 더 이상 참을 수 없어 밖으로 나가버렸다고 한다. 그는 불행했던 할머니의 드문 즐거움 중 하나와 그것을 위해 지불한 아까운 돈을 허비하

자세히 보면 Le Roxy라는 극장 이름이 보인다.

고 말았다는 생각에 가슴이 아파 울었다. 반면, 어머니는 영화 구경을 간 적이 없었다. 글을 읽을 줄 모를 뿐만 아니라 절반은 청각장애였기 때문이다.

　이번에는 종교와 관련된 그의 슬픈 기억을 찾아볼 계획이다. 그의 영성체와 관련 있는 당시 성당을 찾아보기 위해 빅토르 위고가(Rue Victor Hugo) 근처를 방문했다. 현재는 알 라흐마 모스크(Mosquée Al-Rahma)로 사용 중인 생 샤를 성당(Eglise Saint Charles)이 눈앞에 보였다. 참고로 이곳은 1981년까지 성당으로 유지되었다. 대부분의 이슬람 국가들에서 과거 성당이나 교회였던 건물을 모스크로 전용하는 사례가 많으므로 특별히 볼 문제는 아니다.

현재 모스크로 사용 중인 생 샤를 성당

　가장이었던 할머니는 당장 눈앞의 가난 탈출이 절실해 종교와 거리
가 멀었다. 카뮈의 학교 공부시간이 모자랄까봐 영성체마저 시켜주려
고 하지 않았지만 뭔가 방법이 있을 거라는 생각에 카뮈의 손을 잡고 이
곳 생 샤를 성당까지 찾아와 신부와 마주 앉았다.

　3년 후, 성스러운 날을 맞이할 것이라는 신부님의 말이 있었으나 할
머니는 당장 교육하지 않으면 영성체를 받을 수 없다는 협박 아닌 협
박을 했고 결국 신부님은 카뮈의 속성교육 수업을 하는 것으로 합의했
다. 그가 그렇게 교리강좌를 시작한 어느 날 친구들과 찡그린 표정으

이 건물은 서쪽에서 바라보면 성당처럼 보이지만 반대쪽에서 바라보면 미나렛 2개가 있는, 영락없는 모스크 모습이다.

로 장난치다가 키 큰 신부에게 들켰다. 그 신부는 그 장난이 자신을 겨냥한 것으로 오해해 카뮈의 뺨을 때렸다.

이 사건 때문에 카뮈가 가톨릭에 대해 부정적으로 생각하게 되었다는 의견도 있지만 근본적으로 일생에 대한 카뮈의 철학은 가톨릭의 철학과 달라 애당초 그가 가까이하기 힘들었다는 것이 내 생각이다. 그는 사후세계는 없다고 보지 않았는가! 평생 기독교 귀의 유혹을 받았지만 그는 결코 받아들이지 않았다고 한다.

어린 카뮈는 영성체를 받는 날 평소보다 풍성한 식탁을 보고 알 수 없는 울음을 터뜨렸다. 할머니가 그에게 물었다.

"왜 그러니?"

카뮈가 모르겠다고 대답하자 짜증 난 할머니는 그의 뺨을 때렸다. 그렇게 그는 집 안팎에서 연신 뺨을 맞았다.

그는 벨쿠르의 다른 성당에서 세례를 받았는데 생 보나방튀르 성당 (Eglise Saint-Bonaventure)에서였다. 대로변 쪽에서 이 건물을 바라보면 성당처럼 보이지만 반대쪽에서 보면 영락없는 모스크로, 기이한 형태로 변형된 건물이다. 다행히 이곳에서는 그가 뺨을 맞았다는 기록은 보이지 않는다.

Travel Sketch

카페 의자에 앉아 하염없이 밖을 바라보는 사람이 있었다.
카뮈가 말한 '도박의 모든 패를 잡아본 사람'일까

Chapter 4
어린 카뮈의 바다

바다로 가는 길

albert camus, Algeria

가난하지만 빛만큼은 마음껏 향유했던 카뮈. 어릴 때 그가 벨쿠르 동네를 떠나 바다를 향해 걸었을 길을 한 번 따라가려고 한다.

나는 내 원천이 『안과 겉』속에, 내가 오랫동안 몸담아 살아온 그 가난과 빛의 세계 속에 있다는 것을 알고 있다.

_『안과 겉』, p.17

그는 바다 쪽으로 가려면 집에서 나와 동쪽으로 걸어야 했을 것이다. 아프리카 대륙 북쪽에 지중해가 있지만 북쪽으로 직진하면 알제항이 나오므로 우회는 불가피했을 것이다. 그의 집에서 약 1km 떨어진 자르댕 데세(Jardin d'essai) 공원을 들러 바다 쪽으로 향했다. 어린 카뮈는 상당히 긴 이 길을 걸을 수밖에 없었다. 가난 때문이었다.

(위) 자르댕 데세의 북쪽 입구에서 들어오면 만나는 길. 길 양쪽의 용혈수가 짙은 그늘을 만들어낸다.
(아래) 미술관 입구

> 그들(카뮈와 친구들)은 전차를 탈 돈이 없어 자르댕 데세까지 오래 걸을
> 수밖에 없었다.
>
> _『최초의 인간』 p.56

공원 입구에 들어서기 전, 도로를 사이에 두고 공원과 마주 보는 보자르 미술관(Musée National des Beaux-Arts)에 들렀다. 이 미술관은 1930년 문을 열었으니 그가 어린 시절 들른 곳은 아니겠지만 이 건물 위에서 보는 공원 경관이 멋져 옥상까지 올라가는 수고를 감수할 만한 곳이다.

미술관 구경거리는 옥상 전경뿐만은 아니다. 우리가 흔히 아는 들라크루아, 르느와르, 모네와 같은 인상파 화가부터 고갱, 마티스까지 다양한 작품을 보유하고 있으니 미술 문외한들도 흥미롭게 관람할 수 있다. 한때 알제리는 인상파 화가들이 가장 여행하고 싶은 나라로 손꼽혔고 알제리 배경의 인상주의 그림 다수가 아직까지 남아 있다.

미술관에서 나와 길을 건너 공원 입구에 들어서면 강한 힘이 느껴지는 중심축이 보인다. 프랑스 베르사유 정원에도 있는 전형적인 프랑스식 조경 양식이다. 한편, 공원 내 다른 곳에는 오래된 고목 사이로 굽은 길을 따라 걸을 수 있는, 자연스러운 영국풍 공간도 있으니 우리는 딱딱한 직선과 부드러운 곡선을 한군데서 모두 느껴볼 수 있다.

> 바다에 이르기까지 분수와 꽃들의 장관을 활짝 펼쳐놓은 넓은 길에 들어서면 그들은 경비원들의 경계하는 눈초리가 의식되어 무심하고 교양 있는, 산책하는 사람처럼 점잖은 표정을 지었다.
>
> _위의 책, p.57

미술관 옥상에서 바라본 공원 전경

공원 면적은 32헥타르로 도심 녹지로는 매우 넓다. 이 안에는 동물원, 온실, 교육장 등 다양한 시설이 있고 프랑스의 알제리 침략이 시작된 1832년 무렵에 지어진 오랜 역사로 나무들이 하늘에 닿을 듯 높이 솟아 있다. 그래서일까? 산림이 울창한 이곳에서 영화 〈타잔〉의 초기 버전이 촬영되었다고 한다. 밀림 속에서 '아아아~' 외치던 장면이 아직도 기억 속에 희미하게 남아 있다.

내가 알제리에 도착했을 때 주변에 놀러갈 만한 곳을 추천해달라고 현지인 친구들에게 부탁하면 자르댕 데세 공원을 추천했다. 그러면서 영화 〈따르장〉을 찍은 곳이라고 부연 설명했는데 나는 그때 타잔의 프랑스어 발음이 '따르장'일 거라고는 전혀 예상하지 못해 도대체 무슨 영화를 말하는 것인지 바로 알아채지 못한 기억이 있다.

어린 카뮈와 친구들은 공원 동쪽 구역으로 가 조약돌로 코코넛 열매를 맞추어 떨어뜨렸다는데 나는 공원 동쪽에서 코코넛 야자수를 발견하지는 못했다. 그

(위) 카뮈가 말한 '넓은 길'. 양쪽에 높이 솟은 와싱토니아 야자수가 인상적이다.
(아래) 주말에 산책과 휴식을 즐기는 시민들

들은 열매를 따 공원 울타리 밖으로 나가 만찬을 즐겼다고 한다.

과일 때문에 주머니와 두 손이 끈적끈적해진 채 그들은 정원에서 벗어
나 바다 쪽으로 달려갔다.

_위의 책, p.58

그가 수영하던 해변

albert camus, Algeria

나의 어린 시절 위로 내리쬐던 그 아름다운 햇볕 덕분에 나는 원한이라
는 감정을 품지 않게 되었다. 나는 가난 속에서 살았지만 일종의 즐거움
속에서도 살고 있었다. 나 자신 속의 무한한 힘을 느꼈고 그 힘을 쏟을
곳만 발견하면 될 것이다. 가난은 나의 그런 힘을 가로막는 장애가 되지
않았다. 아프리카에서 바다와 태양은 돈 안 들이고 얻을 수 있는 것이
다. 장애는 차라리 편견과 어리석음 속에 있었다.

_『안과 겉』, p.18

자르댕 데세 공원을 빠져나와 과거 '양의 길'(Route Moutonnière)로 불
리던 넓은 도로를 건너 카뮈는 드디어 바다를 만날 수 있었다. 최근 해
안선 개발 때문에 다소 난잡해진 사블레트(Sablette)에서 그는 물속에 알
몸으로 바로 뛰어들어 수영하거나 친구들과 물속에서 누가 오래 버티
는지 내기하며 놀았다. 그들은 코르크로 만든 띠를 매고 물에 떠다니며

위) 바다, 도로와 나란히 조성된 산책로. 뒤로 알제의 새로운 랜드마크인 그랜드 모스크가 보인다.
아래) 사블레트에서 햇빛을 즐기던 아저씨

수영을 익혔다. 과거부터 코르크 생산·수출이 알제리 주요 산업 중 하나여서 주변에서 코르크를 발견하기 쉬웠을 것이다. 지금도 알제리 동쪽 산맥을 따라가다 보면 나무껍질의 일부가 벗겨진 코르크 나무를 볼수 있는데 와인 코르크 마개가 플라스틱으로 대체되면서 이 산업은 사놀이시설물. 나들이를 나온 가족과 연인이많다.

양길을 걸었다.

더운 날 저녁 알제 사람들은 사블레트에 나와 여유로운 시간을 보내고 있었다. 현재 사블레트 지역은 지도상 서쪽은 산업항부터 개장한 지 얼마 안 된 동쪽 수영장까지 길게 개발이 진행 중이어서 돌과 흙무더기가 여기저기 보였다. 당시 카뮈는 해수욕이 끝나면 숨이 턱 끝에 찰 만큼 뛰어 집으로 돌아갔는데 할머니는 이렇게 물었다.

"어디 갔다 오는 거냐?"

그러면 카뮈는 대답했다.

"친구와 산수 숙제했어요."

하지만 할머니는 속을 리 없었을 것이다. 그녀는 카뮈의 머리 냄새와 발목 상태를 확인하고 채찍질을 시작했다.

내 생활 반경이 주로 알제 남쪽이다 보니 알제 북쪽인 이곳에 갈 경우는 별로 없었다. 가끔 해안도로를 타고 운전하며 지나갈 때마다 풍경이 조금씩 변하고 있다는 것만 눈치채고 있었는데 직접 둘러보니 관람차부터 바이킹, 아동용 작은 시설물까지 생각보다 많은 시설이 있었다.

오늘날 사블레트 해변의 수질은 해수욕을 하기에는 부적합하다. 수십 년 전부터 심한 오염이 시작되었는데 인근 엘하라쉬 하천(Oued El Harrach)에서 흘러드는 오염물질 때문이다. 하천 상류 각종 공장지대의 오염 산업물질이 원인인데 하수처리장이 정상적으로 작동하지 않아 하천수가 제대로 정화되지 않고 있다고 한다.

알제만에 있는 어느 작은 항구

언제부터 오염되기 시작했는지 택시기사에게 물어본 적이 있다. 그는 1970년대에도 이미 하천이 더러웠다고 대답했다. 어린 카뮈가 해수욕을 즐기던 당시는 수질이 그나마 양호해 가능했겠지만 지금은 해수욕을 안 하는 것이 낫다.

일부 책에서는 어린 카뮈가 수영한 해변이 밥 엘 우에드 해변이라고 주장하지만 그 해변은 카뮈의 집에서 걸어갈 정도의 거리가 아니고 그의 관련 기록이 안 보이므로 사블레트 해변으로 보는 것이 맞을 것이다. 게다가 카뮈가 밥 엘 우에드까지 생활 반경을 넓힌 때는 성인이 된 후였다.

바다에서 자란 내게 가난은 사치스러웠다. 그 후 바다를 잃어버리자 모든 사치는 잿빛으로, 가난은 견딜 수 없는 것으로 보였다. 그 후부터 나는 기다리고 있다. 돌아오는 배들, 물의 집들, 청명한 날을 기다리고 있다.

_「결혼·여름」, 「가장 가까운 바다」, p.173

Travel Sketch

어린 카뮈가 자주 수영했던 바다.
해변에는 별다른 것은 없고 멀리 선박 몇 척이 보였다.

Chapter 5

전차 타고 학교 가기

전차에서 바라보는 풍경

albert camus, Algeria

카뮈와 그의 친구 피에르(소설 속 이름)는 말없이 거리로 내려가 웃지도
않고 전차 정류장까지 걸어가거나 서로 쫓고 쫓기며 가방을 럭비공처
럼 던지고 받으며 깔깔대며 달리기도 했다.

_『최초의 인간』, p.219

동네 다른 아이들과 달리 카뮈는 다행히 중·고등학교에 진학했다. 그
가 전차에서 바라보았을 풍경을 만나기 위해 나는 전차 노선을 알아내
야 했다. 사라진 전차 노선을 찾기 위해 나는 인터넷 바다에서 헤매야 했
다. 알제리 독립 후 프랑스 본토로 돌아간 분들이 개인 홈페이지에 남긴
소소한 글과 사진을 통해 다행히 과거 전차 노선을 파악할 수 있었다.

당시 전차는 그가 살던 거리에서 출발해 알제 시내로 이어지는 경로
였다. 카뮈는 학교에 가려면 집에서 나와 '연병장'을 따라 달려야 했다.
연병장이라는 명칭이 붙은 것은 실제로 군용시설이 있었기 때문이다.

유격 장애물 넘기, 승마 등의 훈련이 이루어졌다고 한다. 넓은 공터로 이루어졌지만 100년 이상 지나며 지금은 각종 개발로 높이 솟은 아파트가 '연병장' 대신 있었다.

당시 이곳에는 서커스도 있었다. 역사가 100년이 넘는 아마르 서커스(Cirque Amar)가 그 주인공이다. 이 서커스단은 여전히 명맥을 이어가고 있는데 장소를 사블레트 해변 근처로 옮겼다.

전기에 의하면 승객으로 가득 찬 전차는 무스타파 언덕 아래로 곤두박질치듯 내려갔다는데 그럴 때마다 소년들은 질주하는 전차의 속도에 흥분했다. 차장은 무스타파 정류장에서 급브레이크를 걸기도 했다고 한다. 이후 전차는 오른쪽으로 아가 역(Gare de l'Agha)을 끼고 클로젤 시장에 이르는데 대부분의 벨쿠르 노동자들은 북적이는 이 교차로에서 내렸다. 알제 중심부인 중앙우체국(La Grande Poste)에 가기 위해서도 여기서 많이 하차했을 것이다.

알제 시내에 가까워질수록 주차하기 힘들어 나는 한참 떨어진 주차장에 차를 세우고 걸어서 아가 역에 올라갔다. 아가 역 시계는 정확한 시간을 보여주지 않는다. 오랑(Oran)에 가려고 이곳을 이용했을 때 내 손목시계와 역 시계의 시간이 달라 잠시 혼란스러웠던 기억이 있다. 철도산업은 프랑스 식민시대에도 충분히 발달해 카뮈도 지방인 오랑 지역 등을 가려면 이곳을 이용했을 것이다.

곧이어 전차는 그 노선에서 경관이 가장 뛰어난 지점에 이르는데 전차 승객들은 오른쪽의 바다를 발견할 수 있다. 당시 알제 항구에서는 유럽 대륙에서 건너온 증기선과 화물을 하역하기 위해 예인선들이 끊임없이 움직였고 때로는 승객을 가득 태운 대형 유람선이나 전함 함대가

(위) 20세기 초의 '연병장'은 공동주택단지로 점점 변모해갔다.
(아래) 사진 오른쪽 건물들 바로 아래로 전차가 지나갔다.

(위) 현대 아마르 서커스에는 스파이더맨이 등장한다.
(아래) 아가 역 입구 모습. 사진 속 시계는 정확한 시간이 아니어서 잠시 혼란스러웠다.

해안 저편에 정박하기도 했다.

과거 이 근처 경관은 현재와 별로 다르지 않았을 것이다. 해안선을 따라 길게 늘어선 건물들도 그대로이고 항구도 지금까지 기능하고 있으니. 전차는 사라졌지만 건물에 한정하면 항구 부속건물들까지 당시 모습 그대로다. 20세기 초 알제 도시계획은 계획 자체도 기능적이고 아름다웠지만 무엇보다 지금까지도 특별한 공사가 필요 없을 만큼 견고하게 시공된 것이 개인적으로 놀랍다.

당시 전차는 다음 정류장인 브레송 광장(Square Bresson; 현재는 포르 사이드 광장(Square port Said)으로 불린다)에 멈추었다. 광장 주변에 오페라와 과거 유명했던 탕통빌 카페(Café Tantonville)가 있어 들러보았다.

지붕과 기둥이 사라진 광장의 야외 음악당을 지나 오페라 건물 앞에 섰다. 가끔 열리는 음악행사에 현재도 사용되고 있는데 클래식 연주회를 듣기 위해 나도 이곳을 방문한 적이 있다.

오페라 건물 옆 탕통빌 카페에 들어가 커피 한 잔을 시킨 후 카페 테라스에 자리를 잡았다. 테라스는 지면보다 살짝 낮아 사람들의 움직임이 더 잘 보였다. 무엇보다 이 카페는 카뮈 시대에도 오페라와 가깝고 테라스에서 바다와 광장을 볼 수 있다는 장점 덕분에 사람들의 발길이 잦았지만 과거만큼 인기 있지는 않다.

당시 전차 종점은 오늘날의 순교자 광장(Place des Martyrs)인데 과거 전차 대신 지하철역이 있다. 이곳을 방문한 날 현지인이 내게 "이 광장을 둘러싼 건물들이 보이죠? 그런데 북쪽으로 갈수록 건물 디자인이 단순해요. 왜 그럴까요?"라고 퀴즈를 낸 적이 있다.

내가 잘 모르겠다고 하자 그가 설명했다. 프랑스는 광장 남쪽부터 건

(1) 야외 음악당 뒤편 건물들의 디자인은 오른쪽으로 갈수록 소박해진다.
(2) 모레스크(Mauresque) 양식의 모스크. 부근에 어항이 있어 '어항 모스크'라고도 불린다.
(3) 오페라 건물과 야자수

광장 모습

축공사를 시작했는데 당시는 경제적 여유가 있어 건물 디자인이 화려
했지만 전쟁이 길어지며 재정 부담이 닥치자 건물 디자인은 단순해질
수밖에 없었다고 한다.

카뮈의 작품에서는 광장 한복판의 오를레앙 공이 말을 타고 있는 동
상에 대해 언급하지만 지금은 그 동상을 찾아볼 수 없다. 프랑스의 알제
리 정복군 지휘관을 기념하는 동상이 지금까지 남아 있을 리 없다. 광장
에서 바다 쪽으로 조금만 걸어가면 17세기에 지어진 흰색의 작은 알즈
디드 모스크(Jamaa al-Jdid)를 만날 수 있다.

벨쿠르 동네에서 많이 벗어나지 않았던 그의 세계는 통학용으로 이
용한 전차 여행을 통해 넓어졌다. 때로는 승객이 너무 많아 바깥 발판에
겨우 매달려 갔지만 앞뒤 승강장에 선 소년들은 대부분 수다를 떨었으
리라.

광장에서 학교로

albert camus, Algeria

순교자 광장에는 오랜 공사를 마치고 지하철역이 신설되었다. 내가 광장을 다시 방문한 것은 금요일 오전이었다. 알제리인들은 휴일인 금요일 오전에는 대부분 집에서 쉬므로 거리에서 사람들을 구경하기 어려웠다. 바다 쪽에 가까운 선원 지구에는 무채색의 아파트가 무심히 서 있었다.

> 나는 예민한 여행자에게 알제에 가면 (중략) 저녁 6시 무렵 구베른망 광장의 오를레앙 대공 상 아래 땅바닥에 앉아보라고 권하겠다(대공을 보기 위해서가 아니라 그곳에 가면 많은 사람이 지나다니고 기분이 좋기 때문이다).
>
> _「결혼·여름」, 「여름」, p.128

전차 종점인 광장부터 학교까지는 10분가량 걸린다. 이 구간을 카뮈와 친구들은 아케이드 아래로 뛰어다녔고 동방의 각종 물품이나 기름에 튀긴 디저트, 벌꿀을 발라 구운 즐라비아 판매대 앞에서 걸음을 멈추곤 했지만 가난 때문에 간식을 마음대로 사 먹을 수는 없었을 것이다. 나는 개인적으로 알제리 디저트 중 즐라비아를 좋아한다. 이것은 주황이나 노란색 튀김에 벌꿀을 바른 과자다. 우리 입맛에는 단맛이 강해 한국인들이 즐겨 먹는 것 같지는 않다.

혹시 즐라비아라도 파는 상점이 있는지 둘러보았지만 금요일이어서 대부분의 상점이 문을 닫았다. 카스바 방향으로 조금 올라간 골목길에서 대추야자 전문점에 들어가 '혹시'하는 마음에 진열대를 둘러보았지만 즐라비아는 없었다. 대추야자 그대로 쓰거나 짓이긴 다양한 식품들이 있었고 나는 선물용으로 투구르트산 대추야자 한 박스를 구입했다.

어린 카뮈는 광장에서 아케이드를 따라 학교로 갔지만 이 통학로에서 조금 벗어난 밥 아준가(Rue Bab Azoun)에도 자주 들렀기 때문에 나도 이곳을 잠시 방문해보기로 했다. 내가 아는 짧은 아랍어 실력으로 'Bab'은 '문'이므로 이 거리에 들어서자마자 오래된 문이 있을 것으로 예상했다.

내 주위에서 이야기 나누는 아저씨들에게 물어보니 그런 문은 없다는 대답이었다. 내가 보는 그 '길' 자체를 밥 아준이라고 부른단다. 알고 보니 'Bab'은 문 외에도 입구라는 뜻도 있다.

밥 아준가는 양쪽으로 엄청 큰 사각기둥들이 받친 아케이드가 촘촘히 늘어서 더 좁아 보였고 이 동네와 도시의 최고 고지대를 연결하는, 운수 회사가 다른 전차가 간신히 다닐 공간만 남았을 뿐이다. 더운 날이면 짙

왼쪽 아래의 아케이드가 카뮈의 등굣길이었다. 오른쪽 구선원 지구는 아파트 단지로 바뀌었다.

은 푸른색 하늘이 타는 듯 뜨거운 뚜껑처럼 골목을
덮었고 아케이드 아래 그늘은 서늘했다.

_『최초의 인간』, p.222

짙은 푸른색 하늘만 빼면 카뮈의 묘사와 딱 들
어맞는 풍경이었다. 전차가 다닐 만큼 길이 넓지
는 않지만 전차가 다녔다니 믿을 수밖에. 아케이
드 아래는 뜨거운 햇빛에 달궈지지 않아 걷기에
시원했다.

밤 아준가를 지나 북쪽으로 계속 걷다 보면 카
뮈의 학교에 이른다. 당시 교육 과정은 중·고등
학교 수업을 모두 한 학교에서 받는 시스템이었
다. 그랑 리쎄(Grand Lycée)라고도 불린 알제에서
역사가 가장 긴 이 학교는 카뮈를 비롯해 노벨상
수상자를 2명이나 배출한 명문 학교다. 알제리 독
립 후에는 알제리인들의 국가 영웅 에미르 압델
카데르(Emir Abdelkader)로 학교 이름이 바뀌었다.

도로 쪽 큰 철문은 열려 있었지만 안쪽 건물 문
은 닫혀 있었다. 여기저기 가림막과 공사용 비계
가 보이는 것으로 미루어 건물 보수공사가 진행
되는 듯했다. 열린 좁은 창문 사이로 오른쪽 방을
살짝 엿보려고 했지만 카뮈 기념명패는 보이지
않았다. 내가 있던 쪽 벽에 걸려 있었기 때문이다.

각종 식품을 파는 가게 주인

2018년 이 학교에 첫발을 디뎠을 때는 건물 문이 살짝 열려 있어 안에 들어갈 수 있었다. 빼꼼히 고개를 내밀어 안을 살피는데 경비원 아저씨가 웃으며 맞이해준 기억이 있다. 아저씨에게 카뮈 얘기를 꺼내자 나를 데리고 카뮈 명판이 있는 방으로 안내해주었다.

카뮈 기념명패를 통해 당시 학교 이름이 뷔조고등학교(Lycée Bugeaud)임을 알 수 있다. 명패에는 카뮈가 노벨문학상을 받았고 1924년부터 1933년까지 이 학교에 다녔다고 쓰여 있다. 학교 옆에는 마랑고 정원(Jardin Marengo)이 있는데 학교의 높은 데서 이 정원이 잘 보였다고 한다. 흥미로운 사실은 소설 『이방인』에 등장하는 지역도 정원 이름과 같다는 것이다.

초기 정원 설계는 다소 정형적인 형태였지만 세부적으로는 대부분 유

밥 아준가

선형이었다. 중앙 분수와 점경물에서 정원의 유구한 역사가 느껴졌다.

특히 학년 말이 되면 공원 큰 나무들, 화단, 무더기로 서 있는 바나나 나무들 위로 저녁 빛이 내리덮었다. 도시의 소음이 멀리 나직해지면 하늘은 녹색으로 변하며 긴장이 풀렸다. 몹시 더워 창문이 하나 열려 있으면 작은 정원 위에서 마지막 제비들의 날카로운 소리가 들렸고 고광나무와 큰 목련 냄새가 흘러들어 잉크와 자에서 나는 더 새큼하고 씁쌀한 냄새를 적셔 놓았다.

_『최초의 인간』, p.232~233

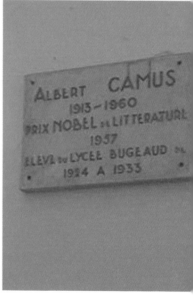

(1) 마랑고 정원 내부

(2) 카뮈가 다니던 학교 건물 내부. 높은 천장이 인상적이다.

(3) 건물 벽면에 붙어 있는 카뮈 기념명패

Travel Sketch

학교로 향하는 전차 창문 밖으로
카뮈는 저 항구와 바다를 바라보았다.

Chapter 6

가까웠던 죽음

폐결핵과 입원

albert camus, Algeria

17살이던 1930년 그는 심한 기침에 이틀씩 피를 토하는 등 이상증세를 보였다. 폐결핵 진단에 무스타파 파차 병원(Hôpital Mustapha Pacha)에 입원했다. 병원 내 대부분 환자가 이슬람교도인 병원에 입원해야 한다는 사실에 그는 덜컥 겁이 났다.

폐결핵으로 허약해진 몸은 카뮈를 평생 괴롭혔다. 병 때문에 계획한 대로 삶을 영위하지 못했다. 확실했던 교수직을 놓쳤고 제2차 세계대전 때는 입대하고 싶었지만 병역을 면제받았다. 신약의 혜택을 거의 평생 동안 받지 못했다. 정작 신약 치료를 받으려고 했을 때 그의 폐는 이미 회복 불능 상태였다. 1954년 12월 11일, 41세 때 그가 쓴 글을 보자.

거의 하루 종일 침대에 누워 지낸다. 신열이 계속 내리지 않아 만사 의욕이 없다. 반드시 건강을 되찾아야겠다. 나는 힘이 필요하다. 손쉬운 삶을 바라진 않지만 어려운 삶이라면 그것에 버금가는 힘을 갖고 싶다.

내가 가고 싶은 곳으로 가려면 통제가 필요하다.

_『작가 수첩 Ⅲ』, p.192

그는 지독한 가난에 질병까지 가능하다는 데 수긍했지만 적어도 강해지고 싶었음을 알 수 있다. 하지만 이 병을 제어하기에는 상태가 너무 심각했다. 카뮈의 병세는 점점 심각해졌고 당시 의사는 그에게 아무런 희망을 보여줄 수 없었다. 그는 죽음에 대한 공포감에 시달렸다.

무스타파 파차 병원은 그의 집에서 멀지 않다. 나는 병원 근처 대형시장에서 가끔 장을 보고 이곳을 지나갔는데 병원 안팎은 사람들로 항상 붐볐다. 아무래도 알제리의 넉넉지 않은 병원 인프라 때문일 텐데 병원 내부의 주차공간이 부족해 한참 떨어진 곳에 주차하고 병원 안으로 들어섰다.

정문에 들어서자 지도 안내판이 보였다. 나는 카뮈가 입원했을 만한 곳을 추정해보았지만 안내판에는 주요 건물만 표시되었을 뿐 폐결핵 관련 단어는 보이지 않았다. 무작정 병원 안으로 들어가야 했다.

병원 내부의 상당한 규모의 면적은 녹지로 조성되어 있었다. 녹지는 프랑스의 전형적인 조경 양식대로 강한 축과 가로수, 화단 등으로 구성되어 있었다. 수목 그늘 아래 벤치에 앉아 쉬고 있는 사람들을 바라보며 식물이 사람들에게 위안과 위로를 얼마나 주는지 생각해보았다.

그의 초기 작품 『빈민가 병원』은 미성숙한 나이에 죽음이 가까워진 그가 이곳에서 경험한 것을 토대로 쓴 글이다.

"그 병은 어느 날 갑자기 찾아오지만 떠날 때까지는 시간이 걸린다."

병원으로 가는 길에 조성된 녹지

라고 환자 중 한 명이 말한다.

그러자 누군가 "맞아! 부자들이나 걸리는 병이지!" 라고 대답한다.

당시 폐결핵은 부자들이나 걸리는 질병으로 인식되었는데 별다른 치료제가 개발되지 않아 잘 먹고 잘 쉬는 것이 해결책으로 여겨져 가난한 카뮈는 자신의 병 때문에 더 불안했을 것이다. 나는 병원 관계자로 보이는 사람에게 길을 물으며 천연덕스럽게 거짓말을 했다.

"내 친구가 폐결핵으로 입원해 있는데 어디로 가야 하나요?"

내 질문이 스스로 웃겨 속으로 웃음을 참았다. 지금 세상에 없는 카뮈를 내 친구로 만들다니. 내 거짓말에 그가 대답했다.

"이 길을 타고 끝까지 오르막길을 올라 왼쪽으로 가보세요."

대형병원이어서인지 병원 부지는 넓었다. 오르막길 끝에 올라 우연히 오른쪽 건물 앞을 보니 앞에 몇 명이 서 있었다. 외국인인 내가 신기해 보였는지 그들은 일제히 고개를 돌렸고 나는 그들의 모습에 경악했다. 얼굴이 많이 일그러졌거나 붕대를 감고 있었기 때문이다. 그 건물은 안면윤곽 치료시설이었다.

나는 놀란 가슴을 진정시키고 오른쪽이 아닌 왼쪽으로 걸었고 곧 폐결핵 환자들이 입원한 병동에 도착했다. 입구에 들어서자 간호사가 물었다.

"누구를 찾아오셨나요?"

"음…, 모하메드요."

나는 알제리에서 가장 흔한 이름을 둘러댔다. 이날 거짓말만 몇 번 했는지 모르겠다. 그러자 그녀가 다시 물었다.

"그분의 성이 어떻게 되죠?"

"아, 모르겠어요."

궁색한 내 답변에도 그녀는 별 의심 없이 남성 환자 병동 2층으로 나를 데려갔다. 나는 재빨리 그녀 뒤를 쫓아 2층에 올라갔는데 복도 양옆으로 여러 병실이 있었다. 그녀는 갑자기 복도 끝 왼쪽 병실 문을 활짝 열어젖히고 소리쳤다.

"혹시 이름이 어떻게 되시죠? 환자님!"

그런 식으로 모든 병실을 확인할 기세였다. 가상인물 모하메드를 찾기 위해 그녀는 최선을 다했다. 나는 그녀의 행동을 다급히 멈추고 거의 도망치다시피 2층에서 내려올 수밖에 없었다.

카뮈가 퇴원할 때 주치의는 태양이든 바다든 두려워하지 말고 인생을 만끽할 것을 권했다. 카뮈는 그를 의사라기보다 친구이자 철학적 조언자로 여겼다. 그의 조언대로 수영을 계속했고 여름 태양도 두려워하지 않았다. 두려워하지 말고 인생을 만끽하라는 그 말은 단지 그에게만 필요한 조언은 아닐 것이다.

(위) 현재의 폐결핵 병동 입구
(아래) 현재 2층은 남성용 병실, 3층은 여성용 병실로 사용되고 있다.

바다를 향한 묘지

albert camus, Algeria

이번에 갈 곳은 엘 케타르 공동묘지(Cimetière El Kettar)다. 묘지여서 내키지 않지만 카뮈가 찾아가 보라니 어쩔 수 없다. 단, 예민한 여행자라는 조건이 있다. 나는 이 조건에 부합될까?

나는 예민한 여행자들에게 알제에 가면 (중략) 아랍인 공동묘지를 찾아가 보라. 우선 거기서 고즈넉한 평화와 아름다움을 만나보고 망자들을 안치하는 끔찍한 저 죽음의 도시들이 얼마나 한심한지 우리가 똑바로 헤아리기 위해.
_『결혼·여름』, 「과거가 없는 도시들을 위한 간단한 안내」, p.129

지중해를 보고도 점점 무심하게 반응하는 나는 지금 예민하다고 말하기 힘들 것 같다. 처음 알제리에 왔을 때는 일상적으로 만나는 지중해에 매번 감탄했는데 지금은 그렇지 않으니 말이다.

묘지 근처 내리막길. 바다에 빠져들 것만 같다.

하지만 여전히 바다쪽 언덕길을 내려갈 때는 지중해에 빨려들 것만 같다. 해수면이 지표면보다 높아 보이는 착시현상은 나뿐만 아니라 주변 사람들도 가끔 말한다. 어쩌면 주변 사람들과 내가 모두 예민한 것인지 궁금해졌다.

엘 케타르 묘지는 오스만제국 시절 자스민 향기 증류소로 현재는 알제의 대표적인 공동묘지 중 하나가 되었다. 14헥타르의 넓은 면적에 입구는 여러 군데 있었다. 나는 그중 남쪽 입구를 통해 들어갔다. 묘지 입구를 보니 선뜻 들어갈 마음이 안 생겼다.

공동묘지 안에는 수많은 묘와 나무들이 뒤섞여 있었다. 장 그르니에가 '이슬람교도들은 죽어서도 대자연과 친하게 지낸다'라고 했는데 정말 그랬다. 카뮈의 글을 보면 선생의 시각과 별로 다르지 않다.

나무 아래 쉬고 있던 아저씨가 카뮈의 말대로 '고즈넉한 평화'를 즐

(1)

(2)

(3)

(1) 묘지 입구
(2) 묘를 돌보는 가족
(3) 공동묘지 면적은 꽤 넓다

기는 것 같았지만 나는 묘를 안 밟으려고 휘청거리며 걷느라 그런 감정을 느낄 틈이 없었다. 묘지에는 무덤들이 너무 빽빽했고 좁은 통행로를 차지한 묘도 있었다.

하지만 적어도 그가 말한 '끔찍한 죽음의 도시'는 이해될 수 있었다. 묘지 너머로 무분별하게 지은 건물들은 자연 풍경이 배제된 모습이었으므로. 그보다 더 먼 곳에 채석장이 있었는데 산의 속살이 드러나 있었다.

프랑스 식민지 시절 아랍인들은 법적으로 평지에 묻힐 수 없어 그들 처지에서는 이런 가파른 산지가 장지로 유일한 선택이었다. 일제시대 한국도 도심은 일본인에게 빼앗기고 생활터전을 산으로 삼을 수밖에 없었다. 이렇듯 식민지배는 비슷한 속성이 있다.

나는 바다를 보기 위해 북쪽으로 향했다. 예상대로 고지대의 시야가 넓은 데서는 멀리서 푸른 바다가 반겨주었지만 그 전망을 보며 여행자로서 감상에 젖기에는 부적절했다. 군데군데 묘를 돌보는 유족들이 있었기 때문이다.

한국에서는 공동묘지에 가본 적이 없지만 해외여행을 하다 보면 방문하게 된다. 파리 페르 라쉐즈 묘지(Cimetière du Père Lachaise)에서 오스카 와일드(Oscar Wilde)의 묘를 찾아다닌 것이 시작이다. 참고로 오스카 와일드도 알제리를 여행한 적이 있다.

바다 쪽 경계에서 묘지 입구 쪽으로 다시 되돌아 나오는데 붉은색 제라늄이 보였다. 그의 일기에서 묘사된 제라늄이 기억났다. 사실 엘 케타르 묘지보다 파도치는 바다 바로 옆 묘지가 더 인상적이다. 알제에서 서쪽으로 약 100km 떨어진 구라야(Gouraya)에 그런 곳이 있다.

11월 5일, 엘 케타르 묘지 (중략) 분홍빛과 붉은빛을 모두 가진 제라늄

충충이 푸른색 계열인 바다와 해변 묘지

과 상실한 채 말 없는 거대한 슬픔은 순수하고 멋진 죽음의 얼굴을 우리
에게 보여준다.

_『작가 수첩 I』, p.109

처음 구라야에 도착했을 때 놀랐던 점은 해변의 묘지 바로 옆에 집이
있다는 점이었다. 어느 집 대문이 열렸고 한 아이가 뛰어나와 묘지를 무
대로 천연덕스럽게 놀았다.

나는 해변의 묘지로 발걸음을 옮겼다. 바다가 가장 잘 보이는 데 있는
망자들의 마지막 흔적. 엄숙함과 아름다움이 교차하는 이 풍경을 카뮈
는 보았을까? 폴 발레리(Paul Valéy)의 유명 시 『해변의 묘지』는 이 풍경
을 이렇게 묘사했다.

바람이 분다… 살아야겠다. 카뮈가 말한 '고즈넉한 평화와 아름다움'
을 발견하려면 나는 이곳이 엘 케타르 공동묘지보다 낫다고 생각한다.
죽음에 굴하지 않고 삶의 의지를 불태웠다는 점이 폴 발레리와 카뮈의
공통점이 아닐까.

Travel Sketch

무스타파 병원의 모습.
카뮈는 이곳에서 죽음의 공포를 체험했다.

Chapter 7
카뮈의 주변 사람들

후원자, 아코 이모부

albert camus, Algeria

아직 젊은 여행자들은 그곳 여자들이 아름답다는 것을 알게 될 것이다.
그것을 확인해볼 가장 적합한 곳은 알제 미슐레가 대학 카페 테라스다.
물론 4월 일요일 아침 그곳에 가 앉아본다는 조건에서. 젊은 여성 무리
가 샌들을 신고 눈부신 색상의, 천이 얇은 옷차림으로 거리를 오간다.
우리는 억지 수치심은 느끼지도 않은 채 그녀들의 아름다움을 감탄하
며 바라볼 수 있다. 그녀들은 남들에게 보아달라고 왔으니 말이다.

_『결혼·여름』, 「과거가 없는 도시들을 위한 간단한 안내」, p.128

디두슈 무라드가(Rue Didouche Mourad; 과거 이름은 미슐레가Rue Michelet)
는 알제 최장 거리로 카뮈와 주변 사람들 관련 장소들이 있다. 대학 시
절 그는 이 거리를 지나 통학했을 텐데 한창 연극에 빠졌을 당시 단골
식당도 이 거리에 있었다. 성인이 된 후 친형이나 지인 집을 전전할 때
도 이 거리에서 별로 벗어나지 않았다.

디두슈 무라드가

이 거리의 여러 장소 중 맨 먼저 방문하고 싶은 곳은 그의 이모부 귀스타브 아코(Gustave Acault)의 장소다. 이모부의 도움이 없었다면 카뮈는 생명의 위협에서 벗어나지 못했을 것이므로 그는 카뮈의 은인이라고 할 수 있다. 실제로 의사는 이모부에게 이렇게 말했다.

"이 아이의 목숨을 구할 사람은 당신뿐이오."

당시 카뮈는 요양하기에 부적합한, 어린 시절의 집을 떠나 이모부의 쾌적한 집에서 살기 시작했다. 이모부의 가게는 디두슈 무라드가 대로변에 있었다. 이 가게는 알제 시에서 가장 좋은 정육점이었고 카뮈는 결핵환자에게 좋다는 살코기를 충분히 먹을 수 있었다. 그뿐인가? 이모부는 옷과 필요한 책을 사라고 용돈도 넉넉히 주었다. 재정 후원자 역할까지 한 셈이다.

알제 중심가인 이 거리에는 주차공간이 없어 나는 바로 옆 빅토르 위고가(Rue Victor Hugo)에 주차했다. 대부분 프랑스식 이름인 거리는 현대에 이르러 알제리식 이름으로 바뀌었지만 신기하게도 빅토르 위고가는 프랑스의 대표 작가 이름을 여전히 유지하고 있다. 한국의 어느 거리가 19세기 일본인 유명 문학가의 이름인 나쓰메 소세키로 명명된다면 과연 한국인들은 용납할까?

2019년 알제 중심가인 디두슈 무라드가에 올라서자마자 매우 무거운 분위기를 느낄 수 있었다. 이날은 금요일로 오후 모스크 기도시간이 끝난 후 예정된 시위로 경찰이 주요 장소에 배치되어 있었기 때문이다. 경찰 눈에는 카메라를 들고 다니는 내가 거슬렸을 텐데 별로 제지하지 않았다. 과거 나는 겔마(Guelma) 지방에서 거리 풍경을 찍다가 경찰서에 잡혀간 적이 있는데 불과 수년 만에 분위기가 이렇게 바뀌다니 놀라울

(위) 빅토르 위고가의 건물. 프랑스식 건물 사이에 이슬람식 건물이 들어서 있다.
(아래) 디두슈 무라드가 43번지 건물

뿐이다.

거리를 조금 내려가니 카뮈의 이모부 가게가 있던 곳을 만날 수 있었다. 과거 화려했을 정육점 대신 평범한 신발 상점과 사진관이 있었다.

독서를 즐겼던 이모부 덕분에 카뮈는 자신의 집에서는 결코 접하지 못했을 책들을 접할 수 있었다. 그 중에는 앙드레 지드(André Gide)의 책도 있었다. 카뮈에게 지드는 문학적 영웅인데 이모부가 지드와의 만남을 주선해준 셈이다. 카뮈는 훗날 이모부를 아침나절에는 정육점 일을 하고 나머지 반나절은 장서와 신문을 읽고 이웃카페에서 장황한 토론을 벌인다고 말한 바 있다.

이모부가 장황한 토론을 벌였던 이웃 카페는 르네상스 카페(Café La Renaissance)인데 놀랍게도 그 이름의 카페가 여전히 있었다. 독서뿐만 아니라 카페 애호가였던 이모부는 장 그르니에와도 대화를 나누었는데 많은 지식인과 활발히 교류한 것으로 알려져 있다.

어느 주말 디두슈 무라드가를 걸어 내려오다가 이곳에 들렀다. 최근 리노베이션되어 상점 입구부터 말끔했지만 오랜 역사를 느낄 수 있었다. 나는 주인으로 보이는 이에게 물어보았다.

"이곳이 오래전부터 있던 르네상스 카페 맞죠?"

"그럼요! 1954년 아버지께서 이곳을 인수하셨는데 훨씬 이전인 1909년 이 카페가 문을 열었어요."

카페 주인은 한가했는지 아니면 내 정체가 궁금했는지 주방에 서빙 접시를 놓고 와 내 옆에 앉았다.

"체게바라, 카스트로, 이자벨 아자니 같은 유명인사도 온 적이 있어요."

카페 내부

그러자 옆 테이블 손님이 우리 대화를 거들었다.

"옛날에는 술을 파는 바도 있었지. 저 안의 레스토랑은 전에는 없었지만."

나는 카페 역사 외에도 과거 이곳 분위기 등에 대해서도 한참 대화를 나눈 후 자리에서 일어나려고 했다. 내가 커피값을 내려고 하자 카페 주인은 내 손목을 잡고 커피는 서비스니 그냥 가라고 했다.

디두슈 무라드가에서 빠져나와 랑그독가(Rue du Languedoc)에 가기 위해 골목에 들어섰다. 카뮈 이모부 집을 찾기 위해서였다. 현재 랑그독가는 모하메드 투일렙가(Rue Lt Touileb Mohamed)다. 카뮈가 병든 몸을 추스

(왼쪽) 아코 이모부 집 앞
(오른쪽) 내가 만난 알제리인의 표정은 모두 밝았다.

를 수 있었던 이모부 집은 커다란 현관과 침실 4개, 후면 정원 등이 있던 이 아파트였다. 여전히 남아 있는 아파트 입구에 들어서니 매우 큰 현관이 있었는데 복도에서 어느 쪽으로 가야 할지 알 수 없었다. 어쩌면 양쪽 다 아코 이모부 집이었을지도 모른다.

때마침 위층에서 내려오던 분에게 아파트 안에 정원이 있는지 물어보니 모른다고 대답했다. 이 집 뒤뜰 레몬 나무 아래에서 카뮈가 책을 읽었다는 이야기가 기억났기 때문인데 현관 이외 공간은 들어가기 힘들어 뒤뜰의 존재조차 알 수 없었다. 아파트에서 나와 두리번거리는 내가 신기했는지 동네 여러 친구가 다가와 사진을 찍어달라고 했다. 안 찍어줄 이유가 없었다.

평생의 스승, 장 그르니에

알제에서 이 책을 처음 읽었을 때 나는 20살이었다. 내가 이 책에서 받은 충격, 이 책이 나와 친구들에게 미친 영향에 대해 지드의 『지상의 양식』이 한 세대에 미친 충격 이외에는 견줄 것이 없을 것이다.

_카뮈가 쓴 장 그르니에의 『섬』 서문

수도 알제의 히드라(Hydra) 지역은 내가 처음 알제리에 와 수년 동안 살았던 곳이지만 사실 잘 모른다. 크기가 비슷한 언덕들이 이어지고 길이 굽어 동네를 걸어 다닐 엄두도 못 냈다. 알제리는 위험하니 함부로 외출하지 말라는 주변 사람들의 만류가 있었다. 실제로 위험했다기보다 알제리 내전이 끝난 지 10년도 되지 않은 터였으니 사람들이 겁낼 만했다.

카뮈와 그르니에와 인연이 있는 파크 디드라(Parc d'Hydra)를 찾기 위해 길을 나섰다. Parc라는 명칭 때문에 공원으로 생각할 수 있지만 조용한 주거지역일 뿐이다.

파크 디드라의 건물들

히드라는 알제에서도 부자 동네로 손꼽히는데 최근 현대적 디자인의 고층건물이 많이 세워지고 있다. 얼마 전까지만 하더라도 독특한 형태의 모스크, 빌라, 저층 아파트로 기억되었는데 풍경은 빠르게 변하고 있었다.

파크 디드라는 동네는 크지는 않지만 카뮈와 그르니에가 살았던 곳을 찾기는 사실상 불가능했다. 아무리 찾아보아도 그들이 살았던 곳의 번지는 인터넷이나 내가 가진 책 어디에도 나오지 않았다. 혹시나 싶어 동네 작은 거리를 돌아다녔지만 결국 포기해야 했다.

당시 장 그르니에는 집으로 제자들을 초대해 대화를 나누고 책을 매

카페에서 만난 사람들

개체로 소통했는데 1934년 결혼한 카뮈 부부의 신혼집은 그르니에와 같은 동네여서 더 자주 시간을 보낼 수 있었다. 스승과의 친교 덕분에 카뮈의 세계는 급속히 확장될 수 있었다.

　동네 삼거리의, 신장개업한 카페 겸 제과점에 들어갔다. 내심 노인을 만나 카뮈나 장 그르니에 관련 정보를 얻길 기대했지만 카페 안에는 젊은이들만 있었다. 커피를 기다리며 노란 옷차림의 젊은 주인과 대화를 나누었는데 그에 의하면 파크 디드라의 경계는 내가 아는 것과 조금 달랐다. 번지 수를 모르면 동네 경계는 무의미하다. 동네 분위기나 더 알아보자는 심정으로 나는 카페에서 금방 일어섰다.

　거리 담장에는 빨갛고 노란 히비스커스 꽃이 있었고 중간중간 거목들이 하늘 높이 솟아 있었다. 나는 다시 한 번 그들의 집을 뒤져볼까 생각해보았지만 '흰색 치장 벽토로 마감한 상자 같은 주택'은 잊기로 했다.

파크 디드라에서 아래로 내려가는 동안 계곡 반대쪽 동네가 보였다. 라 르두트(La Redoute)라는 동네에는 젊은 카뮈를 후원하던 라피 일가가 있었고 카뮈도 자주 방문했다. 인정 많은 라피 집안은 카뮈에게 튀니지 여행을 주선했다.

여행을 나선 지 얼마 안 되어 각혈하는 바람에 그는 국경을 넘지 못했다. 그때 카뮈는 튀니지에 못 갔고 이후에도 방문 기록이 없는 것으로 미루어 튀니지에 간 적이 없는 듯하다. 그런데 어떻게 튀니지 시디 부사이드의 유명 카페(Café des Nattes)에 카뮈의 액자가 걸려 있는지 모르겠다.

카뮈에게 단순한 문학적 스승 이상이었던 장 그르니에와의 첫 만남은 1930년 무렵으로 카뮈가 '상급 1학년 철학반'에 들어갔을 때였다. 당시 철학 교수가 장 그르니에였던 덕분에 카뮈는 프랑스령 알제리를 넘어 책과 사상의 세계와 연결될 수 있었다. 당시 그르니에는 불과 32살이었지만 지중해의 삶에 대한 감상을 적은 작은 철학서 몇 권을 출간한 유명인이었다.

나는 혼자 아무것도 가진 것 없이 낯선 도시에 도착하는 꿈을 수없이 꾸었다. 그럼 나는 겸허하게 아니 남루하게 살 수 있을 것만 같았다. 무엇보다 그렇게 되면 『비밀』을 간직할 수 있을 것 같았다.

_장 그르니에, 『섬』, p.77

이 구절을 좋아하는 사람이 정말 많다. 여행의 길에 빠지게 만드는 마법과 같은 말. 위 구절에 카뮈도 강한 충격을 받았을 것이다. 알제의 저

알제 시청 앞. 그가 걸었던 알제의 저녁 속이 혹시 이곳이었을지도 모른다.

녁 속을 걸어가며 반복해 읽을 때마다 나를 취객처럼 만들어준 음악 같은 말이기도 하다.

그가 취객처럼 걷던 알제의 저녁은 어디였을까? 구체적으로 말하지 않았으니 알 수는 없다. 어쩌면 알제 시청이 있는, 바다가 보이는 대로라고 추측해볼 뿐이다.

한편, 알제의 상징 중 하나인 중앙우체국(La Grande Poste) 근처에서 1932년 19살의 카뮈는 과연 자신이 책을 쓸 수 있을지 스승에게 물어본 적이 있다. 그르니에는 어떤 반응을 보였을까? 일찍이 카뮈의 능력을 알아본 그는 제자의 『쉬드(Sud)』라는 작은 월간 문예지 발간을 독려해주었다고 한다. 그뿐일까? 당시 유명했던 막스 자콥(Max Jacob)에게 카뮈를 알려줘 카뮈는 프랑스 현대 문인들과 이어지는 첫 계기를 가질 수 있었다.

아코 이모부, 장 그르니에 등 여러 고마운 분들의 도움 덕분에 카뮈는 위기에서 벗어나 더 성장하고 작가로서의 기틀

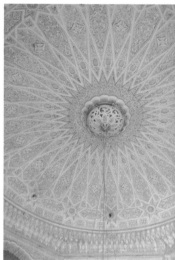

(왼쪽) 중앙우체국 정면 (오른쪽) 중앙우체국 천장

을 다질 수 있었다. 그의 업적은 혼자 힘으로 이루어진 것이 아니며 그도 그것을 잘 알고 있었다. 그는 이렇게 말한 적 있다.

내게 이런 식으로 영향을 미칠 수 있는 인물도 없다. 그와 함께 2시간쯤 보내면 나는 풍요로워진다. 내가 그에게 얼마나 많이 빚졌는지 알게 될 날이 올까?

Travel Sketch

디두슈 무라드 거리.
이곳에는 카뮈와 주변 사람들의 흔적이 있다.

Chapter 8
예술이 잉태되는 곳

여인들과 함께
세상 앞의 집

albert camus, Algeria

카뮈의 실질적 처녀작 『행복한 죽음』은 그의 개인적 경험에서 비롯된 소설이다. 소설 2부에서 주인공은 '세상 앞의 집(Maison devant le monde)'에서 여자친구 3명과 공동생활을 했는데 사실 그 부분까지 그의 실제 경험일 거라고 예상하지 못했다.

내게는 동지들이 있었네.

세상 앞의 집이라는.

(중략)

그곳에서는 세상이 멈추고 우정이 싹트지.

자유를 규정하는 개방에의 완고한 욕망이.

우리의 집은 전진한다네.

_허버트 R. 로트먼, 『카뮈, 지상의 인간 I』, p.230 재인용

사진 중앙 붉은색 지붕 건물이 '세상 앞의 집'이다

하지만 사실이었다. 그는 첫 번째 부인 시몬 이에(Simone Hié)와 파경이 확실해지던 1936년 소설 속 이름 그대로 '세상 앞의 집'으로 불리던 피쉬 별장을 여자친구들과 공동임대해 행복한 삶을 누렸다. 카뮈는 이 집에 애착이 강했는데 유년기와 사춘기 그의 소원을 이루었다고 볼 수 있고 평생 이 집만큼 마음에 든 집도 없었다. 그가 노벨문학상 상금으로 구입한 생애 마지막 집은 마음에 완벽히 들지 않았다.

"햇빛 냄새를 맡아봐!"라며 파트리스는 카트린에게 팔을 내밀며 말한다. 그녀는 그 팔을 핥는다. "그래요. 당신도 맡아보세요."라고 그녀가 말한다. 그는 냄새를 맡고 자신의 옆구리를 쓰다듬으며 드러눕는다. 카트린도 그 옆에 배를 깔고 엎드리더니 수영복을 허리까지 내린다.

_『행복한 죽음』, p.129

나는 '세상 앞의 집' 주소를 인터넷에서 검색하다가 내 친구 K의 집과 가깝다는 것을 알게 되었다. K의 집에 놀러 갈 때마다 거실 창문 밖

(왼쪽) 잠시 휴식 중인 철물점 주인 (오른쪽) 내 친구 K의 근처 집

풍경이 정말 멋지다고 생각했는데 카뮈도 그 풍경을 즐겼을 것이라는 생각에 놀라웠다. 만과 항구, 먼 산까지 한눈에 조망하는 그런 풍경을.

세상 앞의 집을 찾아가는 날 K의 집 앞에 주차했다. 이 집 주변 골목이 좁아 걸어가는 것이 편했기 때문이다. 산책하던 카뮈와 두 여인 잔 시카르(Jeanne Sicard)와 마그리트 도브렌(Marguerite Dobrenne)은 우연히 어느 집에 세를 놓는다는 표시를 보면서 인연을 맺은 이 집을 찾아가려면 우선 시디 브라힘가(Chemin Sidi Brahim)를 찾아야 했다. 이날 나는 내리막길을 걸었지만 당시 카뮈는 더 저지대인 알제 중심부 쪽에서 오르막길을 걸어 올라왔다.

> 그곳은 올리브 숲에서 시작해 올리브 숲으로 끝나는 매우 험한 길로 올라가게 되어 있었다.
>
> _위의 책, p.130

밝은 표정의 철물점 주인과 간단한 인사를 나누고 올리브 숲이 보일

담장 너머 큰 나무가 올리브 나무다. 간판에 '시디 브라힘가'라고 적혀 있다.

때까지 내려갔다. 이윽고 올리브 나무와 시디 브라힘가가 눈에 들어왔다. 올리브 나무는 담장보다 훨씬 높아 한눈에 봐도 오래되어 보였다. 카뮈가 살던 시절부터 이 자리에 있었을 것이다.

> 이제 다 왔나 생각되면 흠뻑 젖은 땀과 가쁜 숨결로 제정신이 아니었다. 부겐빌레아 덩굴에 할퀴지 않도록 피하며 푸른색 작은 살문을 밀고 들어서 사다리처럼 가파른 계단을 또 기어 올라가야 했다.
>
> _위의 책, p.130

소설 속에서 언급된 푸른색 작은 살문은 실제로 있었다. 문이 닫혀 있어 가파른 계단이 있는지는 확인할 수 없었지만 문 근처 부겐빌레아 덩굴은 사라지고 없다는 사실을 확인했다. 대신 아이비 덩굴이 있었다.

소설 속에서는 세상 앞의 집 내부에 소나무, 실 편백, 들장미, 미모사 등 다양한 식물을 묘사한다. 그래서 그 안이 더 궁금했다. 골목에서 서성거리는 내게 동네 사람이 다가왔다. 카뮈가 살던 집이 모퉁이 집이 맞는지 물어보니 그는 카뮈를 모르고 집주인에 대해 잘 알고 있었다. 의사인 집주인은 정말 좋은 사람이며 아내는 스페인 사람이라고 했다. 높은 길 쪽에 집 정문이 있다는 그의 말에 다시 길을 올라갔다. 세상 앞의 집은 면적이 매우 넓고 길 3개와 면하고 있었다. 윗길에서 제대로 바라본 세상 앞의 집은 당시 전형적인 프랑스풍으로 지어졌음을 알 수 있었다. 담장은 절반이 무성한 덩굴로 덮여 정문 초인종도 가렸다.

초인종을 못 누르고 머뭇거리는 나를 보더니 동네 다른 아저씨가 말을 걸어왔다. 이 집 초인종을 눌러봐도 되는지 물어보니 상관없다는 눈빛이었다. 그도 아까 만난 사람처럼 묻지도 않았는데 그 집 정보를 끊임없이 말하기 시작했다. 이 동네에서는 사람들 사이에 비밀이 없다고 느꼈다. 집주인은 휴가 중이어서 집에 아무도 없을 거라고 그가 말했다. 역시 초인종을 눌러도 아무 대답이 없었다.

흰 빨래와 빨간 지붕들, 지평선이 끝에서 끝까지 주름 하나 없이 당겨 펼쳐진 듯한 하늘 아래 미소 짓는 바다, 이런 색상과 빛의 축제를 향해 세상 앞의 집은 그 널찍한 창문들을 내놓고 있었다. 하지만 저 멀리 보랏빛 높은 산들 능선이 물굽이와 만나며 멀리 보이는 윤곽선 안에 그런 도취를 담아놓았다. 그래서 가파른 길과 거기까지 오르며 아무도 힘들다고 불평하지 않았다. 매일 정복해야 할 기쁨을 갖게 되었다.

_위의 책, p.131

나는 세상 앞의 집을 떠났고 한참 지난 어느 날 K의 집에 놀러가게 되었다. 카메라를 챙겨 그의 집 거실에서 전망을 즐기며 한참 대화를 나누고 옥상에 올라가 보았다.

푸른색 작은 문은 실제로 있었다.

　옥상에 올라가니 들어선 지 얼마 안 된 건물 뒤로 '세상 앞의 집'이 보였다. 빨간 지붕의 나름대로 격식 있는 집. 아쉽게도 현재는 주변 큰 건물에 가리지만 현대에 세워진 건물들이 없던 과거에는 알제 도시와 바다가 한눈에 들어왔을 거라고 충분히 추측할 수 있었다.

　이제 밤이 깊었다. 벌써 자정이다. 세계의 휴식이며 명상과 같은 이 밤 앞에서는 나직한 팽창과 별들이 수근거리는 소리가 곧 다가올 깨어남의 시간을 예고한다. 빽빽이 별들이 들어선 하늘에서 떨리는 빛이 내려온다.

_위의 책, p.148

예술가의 천국,
빌라 압델라티프

albert camus, Algeria

> 진정한 것과의 접촉, 우선 자연과 다음으로 깨달은 사람들의 예술, 내게
> 능력이 있다면 나의 예술. 그렇지 못하다면 빛과 물과 도취는 아직 내
> 앞에 있다. 그리고 욕망의 젖은 입술.
>
> _『작가 수첩 I』, p.45

 알제는 가장 감각적인 파리파의 휴양지로 당시 파리에 이은 회화 도
시였다. 화가들은 카뮈의 테마였던 태양과 바다, 원주민의 건축과 의상,
아프리카 식물을 가장 중요한 주제로 여겼다. 인상파 화가들에게 이탈
리아 다음으로 가고 싶은 여행지가 알제리였다는 말도 있다.

 빌라 압델라티프(Villa Abd-el-Tif)에 가는 날. 이곳은 카뮈의 어린 시절
동네 벨쿠르에서 멀지 않은 곳으로 독립기념탑에 오르는 길목에 있었
다. 로마의 빌라 메디치(Villa Medici)처럼 예술가 후원 장소로 이용된 이
빌라는 1907년부터 1962년까지 프랑스 본토에서 온 예술가들의 숙박

(왼쪽) 빌라 압델라티프 문패. 흰색 배경 위에 변하는 옥빛이 아름답다.
(오른쪽) 푸른 색상과 타일, 아치 형태 등이 특색 있다.

과 작업공간으로 이용되었다.

화가가 후원받는 경우, 대부분 후원자의 눈치를 살피는데 이곳에서
는 화가들 스스로 일정을 조직했다고 한다. 화가 입장에서는 2년 간의
주거 연구비를 받으며 아무 눈치도 안 보고 예술을 할 수 있는 천국이었
다. 훗날 카뮈는 이 프랑스 화가들을 편애했는데 자신의 작품집에 쓸 삽
화가로 이들을 선호했다.

빌라 입구에 들어서자마자 관리인이 다가오더니 곧 문을 닫는다고
했다. 내 표정이 어두워질 찰나 그가 말을 덧붙였다.

"당신은 외국인이니 특별 관람하게 해드리죠!"

그는 빌라 압델라티프에 대해 설명하기 시작했다. 당시는 라마단 기간이어서 나는 그에게 아무 부담도 주고 싶지 않았지만 그가 자발적으로 하겠다니 말릴 방법이 없었다. "오른쪽 공간은 아뜰리에입니다. 평소에는 예술가들에게 임대해주지만 현재는 전시 준비를 위해 닫아놓았어요."

"저는 로마의 빌라 메디치에서 큰 감명을 받았는데 그런 예술 후원 정신이 이곳에도 있었다니 정말 놀랍네요."

"맞습니다. 같은 개념이었죠."

빌라 압델라티프는 알제의 다른 전통적 건물인 바스티용 23(Bastion 23)이나 바르도 국립박물관(Musée National du Bardo) 등에서도 볼 수 있는 전형적인 'ㅁ'자 가옥이다. 1717년에 지어졌지만 그렇게 오래되어 보이지 않는 깔끔하고 단아한 건물이다.

퇴근하고 나가는 직원이 우리를 보며 말을 건넸다.

"옥상에 올라가면 바다가 보여요. 가보세요."

그가 알려준 대로 우리 가족은 옥상으로 올라갔다. 테라스에 올라가니 중정과 하늘, 바다가 보였다. 건물 근처에는 측백나무, 잣나무, 소나무 등 키 큰 침엽수가 자태를 뽐내고 있었다. 우리 가족은 바다를 배경으로 사진을 찍었다.

카뮈는 대학신문 「알제 에튀디앙(Alger-Etudiant)」을 위해 전시회 비평을 쓴 적이 있다. 당시 20살이던 그는 주목할 가치가 있다고 여긴 화가들에게 모두 몇 줄씩 비평을 남겼고 빌라 압델라티프에 거주하는 화가들을 주제로 쓰기도 했다.

평생 그는 미술에 관심을 보였다. 1955년에는 마리아 카자레스(Maria

로마의 빌라 메디치. 특히 우산 소나무 형태가 인상적이다.

Casarès)와 함께 8월 한 달 동안 피에로 델라 프란체스카(Piero della Francesca)의 그림을 감상할 수 있는 모든 곳을 돌아다니기도 했다. 그는 미술뿐만 아니라 음악에도 관심을 보였다. 그야말로 다방면의 예술가였다.

1954년 8월 15일. 말러의 소프라노와 오케스트라를 위한 G장조 제4 교향곡. 때로는 말러는 바그너를 좋아하게 만든다. 그는 대조를 통해 바그너가 자신의 안개를 얼마나 잘 제어하는지 보여주었다. 다른 때는 말러가 매우 위대하다.

_「작가 수첩 Ⅲ」, p.157

(1)

(2)

(3)

(1) 옥상 입구. 하늘을 향해 뚫린 중정을 통해 더운 날 열기가 빠져나간다.
(2) 줄지은 기둥, 중간에 놓인 분수대, 커다란 야자수 등 정원에는 흥미로운 요소가 다양했다.
(3) 알제에는 지중해 쪽으로 열린 공간이 많다.

Travel Sketch

카뮈가 사랑한 '세상 앞의 집'

Chapter 9

연극과 밥 엘 우에드

바다에서 시작된
연극인의 삶

albert camus, Algeria

카뮈는 평생 연극과 함께했는데 아마추어 극단을 조직하면서 연극과의 인연이 시작되었다. 그는 첫 작품으로 앙드레 말로(André Malraux)의 『분노의 시대』를 각색했고 당시 노동극장(Théâtre du Travail)이라는 극단의 구성원은 대부분 그의 친구들이었다. 공연은 작가의 허락을 받아야 했는데 다행히 말로는 카뮈에게 "공연하시오"라는 전문을 보냈다.

카뮈는 소설과 연극의 차이점에 대해 소설은 지속적인 긴장을 요구하지만 연극은 반복적인 휴식을 허용한다고 말한 적이 있다. 그는 중년이 되어서도 소설과 연극의 세계를 오고갔다.

그의 첫 공연 준비는 순탄치 않았다. 자금이 부족하고 단원들의 연습 시간도 모자랐기 때문이다. 극단은 극적효과를 높여줄 극장을 고민하다가 밥 엘 우에드(Bab El Oued)의 파도바니 수영장(Bains Padovani)을 선택했다. 해변 백사장에 말뚝을 박아 지은 탈의장과 카페 사이의 무도회장

(위) 손으로 주차표에 주차 시간을 적는 요금 징수원 아저씨
(아래) 파도바니 근처 지하 주차장의 오른쪽 공간. 휴일에는 자녀를 동반한 가족이 많이 오
　　는 곳이다.

은 폭 15m, 길이 40m에 지중해 쪽으로 창들이 난 넓은 곳이었다. 나는 파도바니가 현재는 엘 케타니(El Kettani)로 불린다는 것을 알아냈다. 파도바니를 찾으려고 근처로 가 지하 주차장에 주차했다. 이곳은 자녀를 동반한 가족들이 많이 오는 곳인데 내가 간 날은 평일이어서 사람이 많지 않았다.

인터넷에서 찾아낸 파도바니를 촬영한 흑백 사진을 갖고 정확한 극장 위치를 찾아보기로 했다. 일단 바다 쪽으로 난 계단을 내려갔는데 해변에도 인적이 드물었다. 한창 개발 중이어서 바닥에는 공사용 골재가 깔려 있었다. 나는 해변까지 가 뒤를 돌아보았다. 일자 형태의 단순한 흰색 건물만 보일 뿐 과거 화려했던 파도바니 무도회장의 흔적은 전혀 없었다. 흰색 건물 앞에는 소형 어선 몇 척만 있었다. 과거에는 바닷물에 말뚝을 박고 바다 쪽으로 창을 낸 시설물이 있었지만 지금은 춤은커녕 수영조차 하기 힘든 해변이 되어가고 있었다.

수년 전 이곳에 왔던 기억을 살려보니 해변 모습이 많이 변했다. 그때는 이곳이 카뮈가 말한 파도바니임을 몰랐다. 사라진 파도바니가 아쉬운 것은 카뮈의 첫 연극 장소였기 때문만은 아니다. 그가 댄스홀에서 만난 풍경을 찾을 방법도 없기 때문이다.

매일 파도바니 해변에서는 댄스홀이 문을 연다. 그 긴 해안으로 활짝 다 열린 거대한 직사각형 상자 속에서 동네 가난한 젊은이들은 해가 저물도록 춤을 춘다. 나는 여러 번 거기에 가 기묘한 순간을 기다리곤 했다.

_『결혼·여름』, p.40

시간이 흘러 카뮈는 친구들과 함께 노동극장을 대신할 집단극장 (Théâtre de l'Equipe)을 설립했다. 그는 「젊은 연극을 위하여」라는 선언문에서 이 극단의 목적을 다음과 같이 설명했다.

작업과 연구, 담대함이 슬로건인 극장의 설립 목적은 번영이 아니라 원칙과 타협하지 않고 건디는 것이다.

번영이 목적이 아니라니 역시 카뮈다운 발언이다. 당시 극단 배우들은 누구든 무대장치를 옮기거나 다른 허드렛일을 도왔고 리허설을 마치면 모두 학생식당(Brasserie des Facultés)의 야외 테라스에 앉아 샌드위치를 먹었다.

집단극장은 총독부의 피에르 보르드 공연장(Salle Pierre Bordes: 현재 이름은 이븐 칼둔 공연장(Salle Ibn Khaldoun))을 이용했는데 당시 이곳은 규모에 비하면 대관료가 저렴했다. 카뮈의 친구인 건축가 에므리(Pierre-André Émery)는 음향 상태가 열악해 대관료가 저렴하다고 생각했다고 한다.

나는 이븐 칼둔 공연장을 찾아가기 위해 중앙우체국 근처에서 걸어 올라갔다. 가파른 경사 때문에 중간중간 쉬어갈 수밖에 없었다. 멀리 바다가 보였다. 항구에서 멀지 않은 곳에 상선 여러 척이 떠 있었고 바다는 잔잔했다. 오르막길에 조성된 긴 녹지에는 중간중간 도미노 게임을 즐기거나 담소를 나누는 아저씨들이 대부분 자리를 차지했고 작은 광장에서는 아이들이 공놀이를 즐기고 있었다.

가쁜 숨을 참고 공연장 안에 들어섰다. 나는 이곳에 여러 번 온 적이 있다. 세계적 규모의 음악 페스티벌, 한국대사관 주최 문화행사 등이 열

(위) 수년 전만 해도 많은 사람이 해수욕을 즐겼다.
(아래) 개발 중인 해변

(위) 공연장으로 올라가며 바라본 바다
(아래) 공연장 내부

렸기 때문이다. 공연장의 정확한 규모는 알 수 없지만 꽤 커 보였다. 당시 집단극장 관객은 기껏해야 약 400명이었다고 한다.

인종의 아름다움,
밥 엘 우에드

albert camus, Algeria

나는 그의 연극 경력이 처음 시작된 파도바니에서 빠져나와 반대쪽 밥 엘 우에드(Bab El Oued) 중심가로 향했다. 중심가로 이동하려면 공원을 지나가야 했다.

밥 엘 우에드는 아랍어로 '하천 통로'라는 뜻이다. 지대가 주변보다 낮아 빗물이 모여들기 때문에 붙은 이름일 것이다. 구시가지의 공간적 한계 때문에 확장이 불가능하고 소형 상점과 노인이 유난히 많아 서울 종로 느낌이 들었다. 카뮈의 소설에도 자주 등장하는 이곳은 카뮈 시절에는 유럽인이 많이 모여 살던 지역 중 하나였다.

중심가에 가까워지기 전 나는 카페에 들어가 커피 한 잔을 주문했다. 진한 에스프레소 한 잔에 30디나르였다. 커피를 기다리며 서 있는데 젊은 친구들이 다가와 물었다. 어디서 왔는지, 알제리에 대해 어떻게 생각하는지 등 그들의 질문에 대답하다가 질문 세례를 감당할 수 없어 양해를 구하고 카페 안쪽에 자리를 잡았다.

어느새 어두워진 밥 엘 우에드 거리

카페의 노인

> 괴테는 죽어가면서 빛을 달라고 했다. 이것은 역사적인 말이다. 벨쿠르
> 와 밥 엘 우에드에서는 노인들이 카페 저 안쪽에 앉아 머리기름을 발라
> 쫙 붙인 젊은이들의 허풍 소리에 귀를 기울인다.
>
> _『결혼·여름』, 『알제의 여름』, p.35

    내 바로 옆 노인은 담배에 불을 붙인 채 카페 밖 젊은이들을 바라보았
는데 그 광경이 카뮈의 표현과 비슷해 매우 놀랐다. 과거나 지금이나 가
난한 동네는 별 차이가 없는 것 같다. 카페에는 노인이 있고 젊은이들이
모이면 서로 허풍을 늘어놓기 바쁘니 말이다.

    나는 카페에서 나와 '3개의 시계(Trois horloges)'라는 곳에 이르렀다.
과거에 이곳은 밥 엘 우에드의 중심지였다. 도로에 차량이 늘면서 더이
상 중심 기능을 못해 지금은 이 시계를 바라보는 사람이 없다.

    우리가 알제에서 좋아할 수 있는 대상은 누구나 향유할 수 있는 것, 길

한때 이 지역 상징이던 시계

모퉁이를 돌 때마다 눈에 들어오는 바다, 어떤 햇빛의 무게, 인종의 아
름다움 같은 것이다.

_『결혼·여름』, p.33

  그가 말한 바다, 햇빛, 인종 3가지 중 인종의 아름다움은 지금 알제에
서 찾아보기 힘들다. 1962년 알제리 독립 이후 대부분의 유럽인과 유
대인은 알제리를 떠났고 2000년대 초반 알제리 내전 때문에 그나마 별
로 없던 외국인 수가 더 줄었기 때문이다. 하지만 카뮈 시절 알제리에는
다양한 인종이 혼재해 살았다.
  당시 밥 엘 우에드에는 스페인 구역(Quartier Espagnol) 또는 바제타
(La Basetta)라는 곳이 있었다. 이 지명은 '빨래장'이라는 뜻의 스페인어

(위) 시청 앞 아이들
(아래) 뼈대만 남은 건물

'Balseta'에서 유래했다고 한다. 당시 스페인 여성들이 빨랫감을 들고
다녔다는 말이다. 나는 그곳에서 스페인 흔적을 찾을지도 모른다는 기
대감으로 언덕길을 올라갔다.

과거 사진과 달리 언덕길 위에는 빨래터가 사라지고 없었다. 가만히 서서 주변 사람들을 살펴보았지만 그들의 얼굴에서 스페인 사람 느낌은 별로 나지 않았고 전형적인 알제리인 얼굴만 보였다. 과거 빨래터 반대쪽에 시청이 있었는데 외국인인 나를 구경하려고 몰려든 아이들 때문에 조용했던 거리가 떠들썩해졌다.

카메라를 향해 포즈를 취하던 아이 중 한 명이 뒤를 쳐다보라고 내게 손짓했다. 왜 그러냐는 내 제스처에 아이는 사진 찍는 시늉을 했다. 그제서야 나는 고개를 돌렸다.

내 뒤에는 저무는 노을을 배경으로 뼈대만 남은 건물이 있었다. 아이들은 매일 시청 앞 작은 공간에서 뛰어놀며 이 건물을 쳐다보았을 것이다. 화려했던 과거는 사라지고 황량함만 남았다.

아이들의 와자지껄한 소리를 뒤로 한 채 나는 언덕길을 내려왔다. 내려오며 목격한 어느 집 철문에 건물 완공연도인 1931이 적혀 있었다. 1931년이면 카뮈가 자신의 동네에서 벗어나 알제의 여기저기를 돌아다녔을 때다.

땅거미가 지는 거리를 내려와 차에 타자 현지인 친구로부터 전화가 걸려왔다. 현재 위치를 묻는 그의 질문에 밥 엘 우에드에 있다고 대답하자 그가 물었다.

"거기는 왜 갔니?"

"인종의 아름다움을 보려고."

친구는 아무 대꾸도 없이 웃기만 했다. 나도 안다. 지금에서야 인종의 아름다움을 찾는 것이 얼마나 허망한 것인지.

Travel Sketch

그가 처음 연극을 상영한 파도바니 무도회장은
현재 사라지고 없다.

Chapter 10

축구와 문학 중 선택

당연히
축구 아닌가요?

albert camus, Algeria

어릴 때부터 카뮈는 축구를 좋아했지만 할머니는 축구를 못하게 했다. 신발 뒤축이 너무 빨리 닳았기 때문이다.

매일 저녁 그는 집에 돌아가면 공중에 구두창을 쳐들고 신발 바닥을 엄한 할머니에게 보여주어야 했지만 축구에 대한 열정은 식지 않았고 중·고등학교에 진학한 후에도 축구를 좋아하는 친구들과 함께 축구를 계속했다. 그는 교내 굵은 기둥이 늘어선 회랑으로 사면이 둘러싸인 시멘트 바닥으로 급히 달려나갔다.

휴식시간의 끝과 수업시간을 알리는 북소리가 울리면 문자 그대로 어안이 벙벙해지고 숨을 헐떡이고 땀을 흘리며 시멘트 바닥 위에 딱 멈추어 서서 너무 짧은 시간에 화를 내다가 상황을 다시 깨닫고서야 얼굴에 흐르는 땀을 옷소매로 쓱쓱 닦으며 친구들과 함께 제자리로 돌아갔고 갑자기 구두 밑창에 박은 징들이 닳았을 거라는 생각이 들면 수업시간

붉은색으로 뒤덮인 벽과 붉은색 옷차림의 사람들

이 시작되었는데도 불안하게 그것을 살펴보며 전날과 얼마나 달라졌고 뾰쪽하던 징 끝이 얼마나 닳아 반짝이는지 알아보려고 애쓰다가 그렇게 하기 어려워 오히려 안심했다.

_『최초의 인간』, p.232

축구를 마치고 허겁지겁 교실로 들어와 그때까지도 얼굴에 흐르던 땀을 닦아야 했던 내 고등학교 시절 경험이 생각나 나도 모르게 웃었던 문장이다.

훗날 카뮈는 알제리 대학생 총연합회 스포츠 분과인 알제 레이싱대학(RUA) 주니어 팀에 가입해 전문 골키퍼로 활약했고 여러 관련 신문기

사로 미루어 축구 실력이 상당했던 것 같다. 축구할 때 나도 골키퍼인데 같은 포지션에 묘한 동질감을 느낀다.

알제 독립기념탑 언덕에 오르면 그의 동네 벨쿠르와 공원, 축구장이 한눈에 들어온다. 그는 동네 축구장에서도 경기했으니 내가 바라보는 축구장에서도 뛰었을지 모른다.

지금처럼 과거에도 알제리 각 지역 연고 축구클럽들이 있었다. 카뮈의 소속팀 RUA를 비롯해 후세인-데이(Hussein-Dey) 클럽 연고지는 수도 알제였고 인근 부파릭(Boufarik) 클럽 등도 있었다. 이 클럽들은 카뮈의 글에서 언급되었지만 지금은 모두 사라지고 없다. 현존 축구클럽 MCA(Mouloudia Club d'Alger)는 알제리 프로축구 리그에서 최다 팬을 보유한 인기 구단이다.

한편, 카뮈의 고향인 벨쿠르 사람들이 응원하는 클럽은 CRB이다. 경기 전날이나 승리한 날에는 온 동네가 클럽 상징색인 붉은색으로 물든다. 과거부터 현재까지 축구 광팬 중에 카뮈도 있었다. 그는 축구에 대한 열정을 표현하는 것을 넘어 축구에서 인생을 배웠다고 말할 정도였다. 카뮈는 소속팀 RUA에 대한 애정을 클럽을 떠난 후에도 꾸준히 표현했다.

수많은 일을 겪으며 오랜 세월이 지나 내가 인간의 도덕성과 의무를 확실히 아는 것은 스포츠 덕분이고 RUA에서 그것을 배웠음을 깨달았다. 나는 어디 있었을까요? 그래요! RUA에 있었어요. (중략) 20년 후 파리와 부에노스아이레스 거리에서 만난 친구로부터 RUA라는 단어를 들었을 때 세상에서 가장 어리석게 내 심장을 뛰게 만들었어요. 예를 들

벨쿠르 동네 공원과 축구장

어, 내가 응원하는 파리 레이싱 클럽(Racing Club de Paris) 경기를 지켜봅니다. 이유는 간단합니다. 이 팀의 유니폼은 RUA처럼 파란색과 흰색 줄무늬이기 때문입니다.

_「RUA 저널」 중

그는 축구를 왜 그렇게 사랑했을까? 승리의 황홀한 기쁨이나 패배의 어리석은 울음에 대한 충동이 카뮈가 축구에 열광한 이유다. "건강이 허락했다면 축구와 문학 중 어느 것을 선택했겠는가?"라는 친구의 질문에 "당연히 축구지!"라고 대답한 유명한 일화도 있다.

내 축구팀을 그렇게 사랑한 것은 열심히 뛴 후 찾아오는 나른한 피곤함과 기막힌 승리의 기쁨 때문이고 패한 날 저녁에 맛보는, 울음이 터질 것만 같은 어리석은 충동 때문이었다.

알제리는 여전히 축구를 사랑한다.

 하지만 저것이 노벨문학상 수상 작가의 대답이라는 사실이 충격적이
다. '가끔 도박하기 위해 소설을 쓴다'는 소설 『철도원』의 아사다 지로
처럼 문학은 카뮈에게 우선순위가 아니었다.

진정한 보물,
샤를로 서점

albert camus, Algeria

　폐결핵 때문에 축구를 하고 싶어도 못하게 된 카뮈는 본격적인 문학의 길로 들어섰다. 1937년 그의 최초 저서인 산문집 『안과 겉』이 샤를로를 통해 간행되었고 당시 그는 샤를로 서점(Edmond Charlot)에서 많은 시간을 보냈다.

　샤를로는 카뮈의 고등학교 동창으로 21살이던 1936년 대학가에 서점을 개업한 인물이다. '진정한 보물(Les Vraies Richesses)'이라는 이름의 이 서점은 얼마 안 가 알제 지식인들, 작가, 언론인, 화가들에게 보물과 같은 공간이 되었다. 폭 4.5m, 깊이 약 9m인 복도 형태의 소규모였지만 책 대여 도서관, 출판사, 갤러리 등 다양한 기능을 했다.

　카뮈는 처음에는 샤를로 대여 도서관 회원 자격이었지만 나중에는 샤를로 서점에서 원고를 검토하며 원하는 책은 모두 공짜로 읽어볼 수 있어 그에게는 매우 소중한 공간이었다.

　샤를로 서점이 대학가 샤라스가(Rue Charras; 현재는 아레즈키 하마니가Rue

노란빛 간판이 샤를로 서점이 있던 자리다.

Arezki Hamani)에 있다는 것을 알게 된 후 나는 알제 중심가이니 한 번쯤 지나갔을 거라고 생각했지만 한 번도 지나간 적이 없는 길이었다. 중심가 대로변의 다양한 상점과 중앙우체국 같은 거대한 건물들에 눈길을 빼앗겨 이 작은 거리의 입구를 지금까지 발견하지 못했다.

인터넷을 검색해보았지만 샤를로 서점 번지 수를 알아내지 못했다. 서점 정면 모습이 찍힌 오래된 사진을 핸드폰에 띄워놓고 실제 건물과 비교해가며 찾아내야 했다. 실제 거리에 들어서자 사진과 비슷한 상점들이 줄지어 있어 한숨이 나왔지만 200m도 채 안 되는 길에서 '설마 작은 서점 하나 못 찾아낼까?'라는 마음이 들었다.

나는 굳게 결심하고 상점을 하나씩 관찰하기 시작했고 싱겁게도 금

거리 윗부분 모습. 알제의 랜드마크인 중앙우체국이 멀리 보인다.

방 '진정한 보물'을 찾아낼 수 있었다. 번지 수가 2번지였기 때문인데 주말이어서 서점 문은 닫혀 있었다.

며칠 후 주중에 시간을 내어 샤를로 서점으로 향했다. 택시 조수석에 앉아 꾸벅꾸벅 졸다 보니 어느새 알제 대학가에 도착해 있었다. 샛길을 통해 샤를로 서점이 있는 거리로 바로 진입했다.

지난번과 달리 샤를로 서점은 문이 열려 있었다. 정면 창문에는 '독서하는 사람은 한 명이 아닌 두 명의 가치가 있다'라는 글이 적혀 있었다. 그래서 '책 읽는 사람을 이길 수 없다'라고 하나 보다. 그 옆에는 더 큰 글씨로 '외부 대출 가능 도서관'이라고 적혀 있었는데 과거와 달리 현재는 도서관 기능만 한다는 것을 알 수 있었다.

알제리 독립 이후 수많은 피에 누아르(Pied Noir: 프랑스의 알제리 침공 때부터 1962년 알제리 전쟁 종식에 이은 알제리 독립까지 프랑스령 알제리에 있던 유럽계)는 여러 위협 때문에 알제리를 떠나야 했다. 당시 프랑스로 떠나게 된 샤를로는 이런 글을 남겼다고 한다.

"이곳이 도서관, 서점, 출판사가 되길 바라지만 무엇보다 문학과 지중해를 사랑하는 친구들의 장소가 되길 바란다."

그의 소망처럼 이곳이 여전히 남아 있다는 것이 놀랍다. 왜일까? 카뮈를 비롯한 유럽인 작가에게만 기회를 주지 않고 당시 피식민 계층의 모하메드 딥(Mohammed Dib)과 같은 작가와도 함께 일한 그의 따뜻한 마음이 알제리인들을 감동시켰기 때문이 아닐까? 서점 안에 들어서자마자 흥분한 마음에 바로 카메라를 들자 안쪽에서 누군가 말했다.

"사진 찍으시면 안 돼요."

도서관 안쪽 데스크 직원이 제지한 것이다. 그녀는 말을 이었다.

"이곳은 국가기관 건물이어서 사진을 찍을 수 없습니다."

"사진을 찍으려면 어떡해야 하죠?"

"알제시 관련 기관에서 허가를 받아와야 합니다."

이곳 행정이 얼마나 느리고 복잡한지를 잘 아는 나는 그 모든 절차를 밟고 다시 여기 오고 싶지는 않았다.

"알겠습니다. 사진 안 찍을게요. 죄송해요."

카메라를 가방에 집어넣고 주위를 관찰했다. 서점은 작고 길었는데 중앙 위쪽의 샤를로 씨 사진이 맨 먼저 눈에 들어왔다. 그 아래에는

(1)

(2)

(3)

(1) 길에서 파는 헌 책들. 책 장사 아저씨는
주변 사람들과 대화하느라 잠시 자리를
비웠다.
(2) 서점 외부 모습. 떡갈 고무나무의 큰 잎들
이 인상적이다.
(3) 왼쪽부터 『이방인』, 『전락』, 『안과 겉』

(왼쪽) 『안과 겉』 책의 한 페이지. '삶에 대한 절망이 없으면 삶에 대한 사랑도 없다'라는 유명한 구절에 누군가 밑줄을 그어놓았다.
(오른쪽) 과거 주소가 적힌 것을 보니 매우 오래된 책임을 알 수 있다

이곳을 촬영한 오래된 사진이 걸려 있었고 그 아래에 '진정한 보물(Les Vraies Richesses)'이라는 문구가 보였다. 아까와 달리 상냥한 표정의 그녀에게 다가가 말을 꺼냈다.

"저는 카뮈가 좋아 이곳을 찾아오게 되었어요."

"근처 카뮈 집은 가보셨나요?"

"네."

카뮈 집에 대해 말할 정도로 그녀는 카뮈를 잘 알고 있었다.

잠시 기다리라던 그녀는 카뮈의 책 몇 권을 책장에서 꺼내 왔다.

"위층으로 올라갈까요? 보여드릴 게 있어요."

어느새 적극적으로 변한 그녀는 나를 중이층으로 데려갔다. 올라가는 계단은 좁고 가파른 경사였다. 샤를로와 카뮈 둘 다 가파른 이 계단으로 오르내렸을 것이다. 계단에 오르자 그들이 주로 머물렀던 공간이 나왔다. 샤를로의 주요 업무공간이던 이곳에서 나는 기념사진 한 장을 부탁했고 그녀는 흔쾌히 찍어주었다.

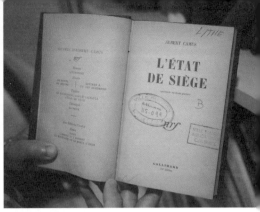

(왼쪽) 카뮈의 오래된 책들. 대여 불가였다.
(오른쪽) 갈리마르 출판사에서 나온 〈계엄령〉. 왼쪽 페이지를 보면 샤를로 출판사에서 출간되었음을 알 수 있다.

중이층 난간에 서서 아래를 바라보자 카뮈의 사진이 보였다. 간절함을 눈빛에 최대한 담아 사진을 찍게 해달라고 직원에게 요청하자 그녀는 강경했던 처음과 달리 절충안을 내놓았다.

"사진 찍으세요. 단, 우리 기관의 로고가 나오면 안 됩니다."

"그럼 카뮈의 이마 윗부분은 안 찍을게요."

기관의 로고가 카뮈 사진의 위에 새겨져 있었기 때문이다. 생전 카뮈는 미남으로 인기가 많았지만 두 번째 아내인 프랑스 포르에게 청혼했을 때 원숭이를 닮았다는 등 외모에 대한 그녀 집안의 부정적 의견을 들어야 했다.

나는 중이층에서 내려와 『안과 겉』한 권을 빌려 건물에서 나오려던 찰나 다시 발걸음을 돌려 직원에게 다가갔다. 이날 나 때문에 매우 힘들었을 그녀에게 또 다른 부탁을 했다.

"저기서 그림 한 장 그리고 가도 될까요?"

전반적인 공간 모습을 사진으로 못 남기니 그림이라도 남겨야겠다는

161

카뮈의 이마 윗부분이 사진에 담기지 않았는데도 넓은 이마가 돋보인다.

생각에서였다. 사방이 책으로 둘러싸인 작은 공간, 이색적인 중이층 구조, 사선으로 오르는 계단 등 마음에 드는 요소가 많았지만 아직도 이런 공간이 남아 있다는 사실이 가장 반가웠다.

Travel Sketch

문학의 길로 들어선 카뮈에게
샤를로 서점은 '진정한 보물'이었다.

Chapter 11

그의 숨겨진 공간, 카스바

그의 마음에 들었던 것들

albert camus Algeria

　알제 도시를 멀리서 바라보면 주 색상은 흰색이다. 알제뿐만 아니라 그리스 산토리니, 튀니지 시디 부 사이드처럼 지중해 주요 도시들이 흰색인 것은 백색 석회 재료 때문이다. 이것을 벽에 바르면 보기에도 아름답고 벌레를 쫓아내 실용적이어서 옛사람들은 건축 마감재로 애용했다. 알제는 라 블랑슈(La Blanche; 흰색)라고 불린다. 물론 도시 색상 때문이지만 원주민의 흰 피부 때문이라는 주장도 있다.

　항구 저 위에는 카스바 거리의 흰색 입방체 집들이 아물아물 내려다보고 있다. 수면 높이에서 바라보면 아랍 도시의 저 야생적인 백색을 배경으로 수많은 육체가 펼쳐 보이는 구릿빛 띠 장식 같은 벽을 볼 수 있다.

_『결혼·여름』, 『알제의 여름』, p.37

　오늘날 알제의 카스바(Casbah)는 작은 동네에 불과하지만 오랜 역사를 도시 전체가 전반적으로 흰색이다.

품은 곳이다. 고대부터 도시 기능을 수행한 이곳은 한때 원주민 베르베르인(Berbères) 왕조를 품었고 이슬람 건축과 아랍-베르베르 도시문화를 이어와 알제리 유네스코(UNESCO) 문화유산에 등재되었지만 방문하는 외국인 관광객은 예상외로 많지 않다. 안전에 대한 우려 때문인데 내가 처음 알제리에 왔을 때부터 지금까지도 '카스바에 가면 길을 잃기 십상이야', '그곳 아이들은 행인에게 돌을 던져'라는 말을 주변 사람들에게서 계속 듣고 있다. 카스바 거리는 복잡해 길을 잃기 쉬운 것은 맞지만 돌을 던질 만큼 과격한 아이들이 있다는 것은 겪어보지 않아 뭐라고 말할 수 없다. 지금까지 이곳에서 만난 아이들은 모두 귀엽고 사랑스러웠다. 오히려 아이들이 나를 위험한 존재로 여겼는지도 모르겠다.

나의 첫 카스바 여행은 현지인 친구 L과 함께했다. 제발 조심하라는 주변 사람들의 성화에 못 이겼기 때문이다. L은 어린 시절을 카스바에서 보냈는데 내게 카스바를 더 잘 설명해주기 위해 자신의 아버지를 소개해주었다. 그분 덕분에 카스바에 대해 잘 알게 되었고 그가 태어나 자란 집 내부도 구경할 수 있었다.

반대편에 살던 여성과 결혼했다는 그는 카스바에 대한 자부심이 대단했다. 무엇보다 많은 시

카메라를 보고 굳어버린 아이들

간 동안 알제리 독립전쟁사를 설명해주었다. 내가 영화 '알제 전투(La Bataille d'alger)'를 보지 않았다면 이해 못 하는 그의 설명 내용이 많았겠지만 영화 속 여러 장면이 기억에 남아 그의 설명에 공감할 수 있었다.

카뮈의 20대는 아직 알제리 독립의 불씨가 타오르기 전이어서 카스바의 분위기는 무겁지 않았다. 종종 그는 이곳에서 산책을 즐겼다.

카뮈는 동료극단(Théâre de l'Éuipe)에서 함께 활동한 블랑슈 발랭(Blanche Balain)에게 1937년 12월 29일에 카스바 주변을 산책하자고 말한다. 그가 알제에서 마음에 드는 것들과 시간을 얻을 수 있는 도시를 그녀에게 보여주겠다고 제안과 함께. 카스바 산책을 시간 낭비로 생각하는 사람들도 있지만 그럴 마음이 있다면 자신의 제안을 들어달라고 하면서 말이다.

훗날 카뮈는 극단 배우이자 작가였던 발랭의 시집 출판에 힘을 쓰기도 했다. 나는 카뮈가 발랭에게 보여주고 싶었던 것이 궁금해졌다. 그것

친구의 아버지. 골목 안쪽 집이 그의 집이다.

이 풍경인지 장소인지 전혀 추측할 수 없다.

> 도시와 주고받는 사랑은 흔히 은밀한 사랑이다. 파리, 프라하, 심지어
> 피렌체 같은 도시들은 웅크리고 돌아앉아 그 특유의 세계에 테를 두르
> 듯 한계를 짓지만 알제와 바다에 접한 도시들처럼 특혜를 받은 일부 장
> 소들은 입처럼 상처처럼 하늘로 열려 있다.
>
> _『결혼·여름』,「알제의 여름」, p.33

  알제는 바다를 둘러싼 만이기 때문에 바다 쪽 전망이 아름다운 곳이
많다. 그중 카스바만의 매력이라면 아무래도 무너진 집이나 벽 사이로
보이는 바다 풍경이 아닐까? 카뮈의 표현대로 '입처럼 상처처럼 하늘로
열려' 있다. 지금 이 순간에도 조금씩 허물어져가는 집이 있을 만큼 시
간이 흐를수록 카스바의 오래된 집들은 점점 사라져가고 있다.
  그가 발랭에게 보여주고 싶었던 것은 사람과 관련 있지 않을까? 이슬

시간이 흐를수록 카스바는 점점 허물어져가고 있다.

람 사람들? 그들의 복장? 당시 여인들은 몸은 물론 얼굴까지 천으로 가리는 것이 카스바 동네의 지배적 문화였는데 카뮈가 그런 부분에 관심을 가졌는지도 모르겠다. 오늘날 그런 복장은 찾아보기 힘들고 나이 많은 일부 할머니의 복장이 되었다.

어쩌면 이곳만의 다양하고 독특한 건축적 특징들을 말하고 싶었는지도 모른다. 이슬람 건축양식에서 문과 통로 등의 특징은 아치 형태인데 곡선에서 그 다양한 변화를 찾아볼 수 있다.

눈에 띄는 카스바 전통가옥의 특징은 외부로 툭 튀어나온 테라스와 그것을 떠받치는 나무기둥이다. 카뮈는 어쩌면 이것을 말하고 싶었는지도 모른다.

나는 그의 마음에 들었던 것들을 찾아보고 싶었지만 기록에 정확히

(위) 카스바에서 내려다본 항구 쪽 풍경
(아래) 테라스를 떠받치는 나무기둥들이 인상적이다.

남기지 않아 불가능하다는 것을 깨달았다. 그는 이곳을 시간을 얻을 수
있는 도시라고 말했는데 카스바의 어느 곳을 가야 그의 말을 이해할지
알아낼 방법이 없다.

프로망탱 카페
찾아가기

albert camus, Algeria

　카뮈의 주도 아래 지인들과 활발한 토론이 벌어진 곳은 카스바 안의 프로망탱 카페(Café Fromentin)였다. 19세기 화가 외젠 프로망탱(Eugène Fromentin)이 자주 들러 이런 이름이 붙었는데 훗날 그들의 문화적 영웅 앙드레 지드도 알제 방문길에 이 카페에 들렀다.

　집 밖에 나서기 전 알아본 정보에 의하면 이 카페는 카스바 한복판 모스크 옆에 있다고 했지만 정확한 주소는 나와 있지 않았다. 인터넷에서 찾아본 프로망탱 카페의 대략적인 이미지로 찾아볼 생각이었다. 그림으로 느껴지는 카페는 흰색, 녹색, 붉은색이 어우러진 아기자기한 공간이었다.

　우선 카스바의 모스크를 찾기 위해 지도에서 모스크를 검색해보았다. 가장 가까운 듯한 길에 접어드니 길이 아닌 개인 사유지였다. 이렇듯 카스바는 여러 번 와본 사람도 길을 잃게 만드는 미로를 여기저기 품고 있다.

프로망탱 카페 자리. 뒤로 모스크가 보인다.

오르막길 같더니 갑자기 내리막길이었다. 라마단(Ramadan) 기간으로 인구 대부분이 무슬림인 알제리인들이 금식 중이어서 거리는 한산했다. 어느 모스크에 도착해 옆의 인상 좋은 아저씨에게 물어보았다.

"이 근처에 카페가 있나요?"

"없어요. 지금은 라마단이어서."

"아니, 뭔가 먹으려는 게 아니고요. 여기 있던 카페를 찾고 있습니다."

"이 근처에 카페는 없어요."

애매한 정보만으로 미로와 같은 카스바에서 길을 찾는 것은 무리 같아 나는 철수하기로 했다. 그런데 주차한 카스바 윗동네로 돌아가려고

낮은 천장이 있는 길도 있다.

하니 그곳까지 가는 길도 만만치 않았다. 다시 길을 헤매기 시작했고 반복되는 오르막과 내리막길 때문에 점점 지쳐갔다.

사람들에게 길을 물어가며 주차한 장소에 가까워지고 있었다. 마지막으로 길을 알려준 아저씨는 그 길을 쭉 올라가기만 하면 된다고 했다. 그런데 끝까지 올라간 길 끝에는 당황스럽게도 문이 있었다. 설마 문을 열고 가라는 말은 아닐 것이라는 생각에 다른 행인 아저씨에게 다시 물어보았다. 그는 따라오라고 하더니 문 바로 옆, 사람 키보다 낮은 통로를 가르쳐주는 것이 아닌가! 그 덕분에 주차한 장소로 무사히 돌아와 귀가할 수 있었다.

한참 후 집에서 장 그르니에의 글을 읽다가 프로망탱 카페 관련 새로운 정보를 찾아냈다. 카페가 있던 거리명이 밝혀진 것이다. 거리명뿐만 아니라 모스크 이름도 나와 있었다. 시디 모하메드 쉐리프 모스크 (Mosquée Sidi Mohamed Cherif)였다.

시디 모하메드 쉐리프 모스크의 상부

나는 모하메드 쉐리프와 클레베르 거리가 만나는 프로망탱 카페에 자주 앉아 남녀, 아이들이 앞서거니 뒤서거니 일터로, 쾌락을 찾아, 샘가로, 기도하러 서둘러 내려가는 모습을 구경했다. 많은 사람이 심각한 표정으로 말없이 생각에 잠기거나 주위 사물에 관심을 더 보였고 모두 고대극 합창단처럼 움직이고 있었다.

_장 그르니에 『지중해의 영감』, p.37

나는 한달음에 카스바로 달려갔다. 차를 멀리 주차하고 모스크로 재빨리 가다가 이날도 길을 잃었다. 다행히 친절한 할아버지를 만나 모스크에 도착할 수 있었다.

모스크에 도착해 주변 거리명을 모두 확인한 후 카페를 찾아보았지만 카페는 아무 데도 보이지 않았다. 사라진 것이다. 그럼 과거에는 어디 있었을까? 나는 모스크 가까운 데서 일하는 목공 할아버지들에게 물어보았다.

"프로망탱 카페를 찾고 있는데요."

"카페? 위쪽으로 100m쯤 올라가면 하나 있어. 그곳 경치가 좋지."

"음… 요즘 카페 말고요.

과거 문헌에는 모스크 바로 옆에 카페가 있다던데요?"

"아, 옛날 카페? 언제쯤?"

"50년 전쯤에도 있었을 거예요."

그러자 갑자기 한 할아버지가 무릎을 '탁' 쳤다.

"맞아. 여기 있었어. 바로 이 사거리에.

그래서 프로망탱 사거리라고 불렸지. 저 식수대 바로 뒤에 있었어.

그 카페에는 카펫이 깔려 있었고 요즘 의자가 아니라 등받이 없는 의자들이 널려 있었지. 그림들도 있었고."

그의 말대로 나는 식수대를 지나 교차로에 섰다. 모스크 옆 작은 건물이 카페로 추정되었다. 현재 그 건물 1층은 상점으로 보였지만 문이 닫혀 있어 정확히 확인할 수는 없었다. 카뮈는 프로망탱 카페에서 박하 차를 마시며 친구들과 열띤 토론을 벌이곤 했는데 모스크 첨탑 꼭대기에서 기도 시간을 알릴 때마다 카뮈는 그 '기도의 부름'에 감동했다는 얘기가 전해진다. 나는 이곳을 배경삼아 기념사진을 찍고 차가 있는 곳으로 되돌아왔다. 다행히 돌아올 때는 헤매지 않았다.

Travel Sketch

비좁고 가파른 골목길이 미로처럼 이어지는 카스바

Chapter 12

『이방인』의 배경

마랑고의 양로원

albert camus, Algeria

오늘 어머니가 돌아가셨다. 어쩌면 어제였는지도 모른다.

_『이방인』의 첫 문장

『이방인』을 끝까지 읽어본 사람은 드물더라도 충격적인 이 첫 문장은 지금까지도 많은 사람의 뇌리에 강한 인상으로 남아 있을 것이다. 롤랑 바르트(Roland Barthes)는 『이방인』 출간을 '건전지 발명에 견줄 사건'으로 평가했다. 이 책은 800만 부 이상 판매되었을 정도로 세계적 베스트셀러가 되었다.

소설 속 주인공 뫼르소는 이 전보를 양로원으로부터 받고 어머니가 계신 곳으로 길을 떠난다. 어머니가 말년을 지내신 양로원이 있던 지역은 마랑고(Marengo: 현재 이름은 하주트(Hadjout))로 이 이름은 19세기 나폴레옹이 오스트리아군을 물리친 마랑고 전투에서 유래했다.

뫼르소는 오후 2시에 버스를 탔다고 나와 있지만 내가 양로원을 찾아

뫼르소는 버스를 타고 양로원으로 갔다.

가기로 마음먹은 때는 오후 4시가 넘어서였다. 시간도 늦고 핸드폰 배터리도 얼마 안 남아 다음으로 미룰까 생각도 했지만 결심했을 때 실행하는 것이 좋을 것 같아 집 반대쪽으로 차를 몰았다. 초행길에 헤매 핸드폰을 못 쓸 수도 있지만 여행하기도 전에 이런저런 핑계를 대기 시작하면 떠나는 것은 어려워진다.

　나는 주로 '티파자'라고 적힌 표지판이 보일 때 고속도로에서 빠져나오곤 했다. 그 표지판을 지나 계속 직진하는 것이 낯설었다. 서쪽으로 10분쯤 더 갔을까? '하주트'라고 적힌 표지판이 보였다. 국도로 접어들자 도로 양옆으로 침엽수가 줄지어 서 있었다.

가로수길과 너른 들판을 지나니 마을 중심가에 다다랐다. 거대한 야자수와 프랑스식 건물을 통해 오래전부터 있었던 마을임을 알 수 있었다. 『이방인』의 배경인 마랑고 마을은 허구가 아니었다. 근처에 차를 세우고 담을 따라가니 정문이 나왔다. 카뮈 시절에는 양로원이었지만 현재는 하주트 병원(Hôpital de Hadjout)이었다. 병원 정문에 도착해 사진을 찍으려는데 경비원들이 손을 저으며 제지했다. 나는 그들에게 항변했다.

"병원 사진 한 장 찍는 것뿐인데 이럴 필요가 있나요? 소설 속 배경을 찾아온 것뿐입니다."

자초지종을 아무리 설명해도 설득이 안 통해 결국 포기하고 사진을 안 찍겠다는 조건으로 병원 안에 들어갈 수 있었다. 이날은 갑자기 출발한 여행이어서 스케치북도 안 가져와 병원 모습을 눈으로만 담을 수밖에 없었다.

병원 부지는 다소 넓어 한 바퀴 도는 데도 시간이 꽤 걸렸다. 영화에서 본 두 기둥 사이 통행로를 찾아보았지만 그와 비슷한 곳을 찾지 못했다. 이탈리아 루치노 비스콘티(Luchino Visconti) 감독의 영화 『이방인』은 원작에 최대한 충실한 작품으로 1960년대 알제리를 배경으로 제작되었다.

나는 여러 병동 건물 중에서 왠지 소아과 간호사가 가장 친절할 것 같았다. 소아과 병동에서 만난 간호사에게 소설과 이곳 역사 등에 대해 말을 꺼내보았지만 카뮈를 잘 모르는 그녀와는 제대로 대화가 진행되지 않았다. 소아과 병동에서 나오는 순간 다른 경비원이 다가왔다. 그는 사

(위) 알제리 국기가 걸려 있는 곳이 병원 정문이다.
(아래) 사람들이 영구차를 따라 걸었던 길 배경은 이 주변이었을 것이다.

진을 찍지 말라고 다시 신신당부했고 나는 그에게 설명하기 시작했다.

"내가 사진을 안 찍어도 이 병원 영상은 이미 유튜브에 있어요. 그렇게까지 민감하게 받아들이지 않아도 됩니다."

정말 그런 영상이 있냐고 되묻는 그를 벤치에 앉히고 유튜브 영상을 보여주었다. 영상을 한참 흥미롭게 보던 그가 갑자기 자리에서 일어났다. 영상에 등장한 'La Morgue'라는 단어에 그가 반응한 것이다.

그는 어느 건물 앞으로 나를 데려갔다. 영상에서 본 글자가 건물 위쪽에 정말 적혀 있는 것을 확인했다. 호기심에 건물 안으로 들어가려는 순간 깜짝 놀라며 뒷걸음질 칠 수밖에 없었다. 건물 앞에 관 2개가 놓여 있었기 때문이다. 나는 사색이 되어 재빨리 건물에서 빠져나왔다. La Morgue는 '영안실'이라는 뜻이었다.

경비원은 나를 진정시켰고 우리는 다시 핸드폰을 들고 영상에 집중했다. 내가 찾는 이미지를 보자마자 그는 어디인지 알겠다는 표정이었다. 그는 나를 어디론가 다시 데려갔다. 발길이 한 번에 떨어지지 않았다. 영안실에 데였더니 어느새 두려워졌다. 그가 새로 데려간 곳은 병원 정문이었다.

정문을 나가 천천히 바라보니 내가 찾던 이미지와 비슷했다. 영화가 촬영된 1960년대 모습과 꽤 달랐지만. 혹시 내가 사진을 찍는지 눈에 불을 켜고 쳐다보는 경비원들 때문에 카메라는 꺼내지도 못했다. 소설 속 경비원은 조문객들에게 커피까지 따라주었는데 현실 속 경비원들은 나를 왜 그렇게 감시하는지 이해할 수 없었다. 조금씩 날이 어두워지자 나는 서둘러 차에 올라탔다.

마을 경계 지점

"이, 입관을 했습니다만 보실 수 있도록 못을 뽑아 드리겠습니다."

그가 조금 더듬거리며 관 가까이 가려고 하기에 내가 말렸다. 그가 내게

말했다.

"안 보시려고요?"

내가 대답했다.

"네."

_위의 책, p.13

뫼르소의 공간

albert camus, Algeria

어머니 장례식을 치른 뫼르소가 마리를 만난 장소는 항구 근처 해수욕장이었다. 나는 소설 속 해수욕장 위치를 알제 항구부터 찾기 시작했다. 항구에서 바다를 따라 남쪽으로 가면 한동안 해수욕장이 없으므로 주인공 뫼르소는 북쪽으로 가야 했을 것이다. 수영할 수 있는 해변은 항구 근처 해군기지부터 시작되는데 이 해변은 알제 서쪽 페르하니 축구 경기장(Stade Ferhani)까지 이어진다.

해군기지를 막 지나 알제리 전통 건축양식을 보여주는 팔레 데 라이스(Palais des Raïs) 박물관에 올라가 보면 해수욕장을 찾을 수 있다. 나는 해군기지 앞 경비병들의 근엄한 모습을 보고 해변 입구가 따로 없을 것이라고 생각했지만 해수욕을 즐기는 사람들이 보여 해변으로 향하는 통로가 어딘가 있는 것이 분명했다.

면도를 하면서 뭘 할까 생각하다가 수영하러 가기로 했다. 항구 해수욕

수년 전 밥 엘 우에드 해수욕장의 모습

장에 가려고 전차를 탔다. 도착하자마자 물속에 뛰어들었다. 젊은이들
이 많았다. 물속에서 마리 카르도나를 만났다.

_『이방인』, p.29

어쩌면 뫼르소는 밥 엘 우에드(Bab El Oued) 쪽으로 더 걸어갔을지도
모른다. 현재 밥 엘 우에드 해수욕장은 개발 중이어서 해수욕을 즐길 수
없지만 수년 전만 해도 해수욕을 즐기는 사람들로 넘쳤다.
 옛 영상을 확인해보면 전에는 바다 쪽으로 나무 데크가 놓여 있었고
물 위에는 부표가 떠 있었다. 소설 속 뫼르소와 연인 마리는 부표 위에
서 깊은 관계가 되었다.

나는 부표 위에 있는 그녀 곁으로 갔다. 날씨가 좋았다. 나는 장난을 하
듯 머리를 뒤로 젖혀 그녀의 배에 올려놓았다. 그녀가 아무 말이 없어서
계속 그러고 있었다. 온 하늘이 내 눈으로 들어오는 것 같았다. 푸른 데
다 황금처럼 빛났다.

_위의 책, p.30

알제 중심가 극장 입구에서

해수욕을 마치고 옷을 입으며 뫼르소는 어머니의 죽음을 말하지만 마리는 별다른 말이 없다. 그들은 저녁에 다시 만나 시시한 영화 한 편을 보는데 소설 속에 이 극장 위치 설명은 없다. 나는 알제 시내로 추측하다가 현재 알제시청 근처의 오래된 극장이 기억났다. 이곳은 카뮈가 선박중개소로 일하던 곳에서 가까워 소설 속 배경으로 삼았을 가능성이 크다.

극장에는 시시함과 거리가 먼 영화 'Omar m'a Tuer'의 홍보 포스터가 걸려 있었다. 1991년 프랑스에서 발생한 모로코인 용의자 오마르가 불충분한 경찰 증거에도 불구하고 살인 혐의로 수감생활을 겪은 실제 사건이 바탕이므로 무거운 주제다. 소설 속 뫼르소와 마리 커플은 뫼르소의 집에서 하룻밤을 보낸다. 이 집은 카뮈가 어린 시절을 보낸 벨쿠르의 아파트로 설정되었다.

카르노 거리에서 바라본 항구의 모습

내 방은 교외 큰 도로가에 있었다. 오후에는
날씨가 좋았지만 보도는 끈적거렸다. 오가
는 사람들은 드물었고, 그나마 다니는 사람
마저 빠르게 걸었다.

_위의 책, p.32

벨쿠르의 대로변은 벨루이즈다드가(Rue
Belouizdad)를 가리키며 서민 아파트가 많은
곳은 벨쿠르 동쪽 근처이니 뫼르소의 아파
트는 여기쯤 있었을 것이다. 아파트에서 마
리와 시간을 보낸 뫼르소는 다음 날 출근해
많은 일을 해야 했다.

책상 위에는 선하증권 뭉치가 쌓여 있었다.
모두 검토해야 했다. (중략) 발송팀에서 근
무하는 에마뉘엘과 12시 30분쯤에 나갔다.
좀 늦게 나간 편이었다. 사무실에서는 바다
가 보인다. 에마뉘엘과 태양 아래 이글거리
는 항구의 화물선들에 잠시 넋을 잃었다.

뫼르소의 직업을 상세히 묘사한 것은 실
제로 카뮈가 이 업무를 해보았기 때문이다.
당시 어음교환을 공인받은 선박중개인 4명

모두 항구가 내려다보이는 사디 카르노가(Boulevard Sadi Carnot; 오늘날 명칭은 지구드 유세프가(Boulevard Zighoud Youcef)의 같은 건물에 모여 있었으니 나는 이곳을 찾으려고 헤맬 필요가 없었다. 나는 카르노가에서 항구를 바라보았다. 항구의 모습은 과거와 별로 다르지 않았음을 추측할 수 있었다.

소설 속 뫼르소는 이웃인 레몽, 마리와 함께 알제 교외 해변으로 향했다. 그의 집에서 해변이 멀지 않았다는 표현으로 미루어 나는 알제 서쪽 볼로긴(Bologhine) 지역을 떠올렸는데 이곳은 알제 시민들이 자주 찾아가는 가까운 해변이고 소설 속 표현처럼 바위가 많기 때문이다.

바위 덩어리가 멀리서 조그맣게 보였다. 햇빛과 바닷물의 물보라 때문에 후광에 싸인 듯 거무스름했다. 나는 바위 뒤에 있던 서늘한 샘을 떠올렸다. 졸졸 흐르는 샘물의 속삭임을 찾아가고 싶었다.

_위의 책, p.76

나는 볼로긴 지역을 찾아가 잠시 해변을 걸었다. 해변 위쪽으로 이어진 언덕 즉, 부자레아 지역은 실제로 카뮈가 거주한 곳이다. 그의 작품 배경은 대부분 그가 생활해본 장소를 선택했다는 점에서 나는 이곳이 소설 속 배경일지도 모른다고 생각했다. 소설에서는 주인공이 해변에서 대치하던 아랍인에게 총을 쏜다.

마치 불행의 문을 두드리는 네 번의 짧은 노크 소리 같았다.

_위의 책, p.79

Travel Sketch
소설 『이방인』에서 뫼르소(Meursault; 바다(Mer)와 태양(Soleil)의 합성어로 알려져 있다)가 살인을 저지른 곳은 암석이 많은 알제 서쪽 해변이었다.

Chapter 13

제밀라의 바람

제밀라로 가는 길은 멀다

albert camus, Algeria

제밀라(Djémila)로 출발한 날은 흐린 날씨였다. 비만 내리지 않길 바란 마음은 사라지고 해가 뜨길 바라는 마음이 점점 커졌다. 배경인 하늘이 회색빛을 띠어 사진이 전반적으로 여느 때보다 무거운 느낌이었다. 여행은 날씨가 절반이라고 하지만 흐린 날의 사진은 피사체에 시선을 더 집중시키는 장점도 있다.

길옆 초본이 어지럽게 나 있었다. 여행을 빨리하라고 누가 재촉하는 것도 아니고 목적지에 빨리 가고 싶은 것도 아닌 날이었다. 차를 길옆에 세우고 자연이 만들어낸 식재기법을 배우기 위해 들판에 발을 디뎠다. 캔버스에 붓 터치한 것 같은, 결이 고운 잎들이 나를 반겨주었다.

다시 차에 올라 동쪽으로 향했다. 알제 경계에서 막 빠져나오는 지점, 도로 반대쪽 차선에는 알제로 진입하려는 차들이 많이 보였다. 정치적 이유로 시위가 계속되는 상황이므로 시위 참가자들이 대부분이었을 것이다. 정부는 수도로 접근하는 차량 검문검색을 강화했다. 이런 긴장 상

나의 동행이 되어준 오래된 차. 뒤에 알제리 국기를 달아 놓았다.

황 속에서 여행을 떠난다니 마음이 편하지는 않았지만 가만 생각해보면 카뮈는 지금보다 훨씬 혼란스러울 때 다닌 여행을 멈추지 않았다.

  희곡, 테러, 어떤 허무주의자, 도처의 폭력, 도처의 거짓.

_『작가 수첩 II』, p.252

  알제리의 동서를 길게 잇는 동서고속도로는 1990년 착공되었으므로 카뮈 시절에는 없었던 길이다. 오늘날 최고 시속 120km인 고속도로를 이용하는데도 제밀라까지 4시간이나 걸리는데 20세기 초 카뮈는 제밀라에 가는 데 얼마나 걸렸을까?

(1)

(2)

(3)

(1) 길옆 초본들
(2) 운전 도중 왼쪽에 보인 공룡 등뼈처럼
생긴 산맥
(3) 사진 중앙 '누르스름한 잔해'가 조그맣
게 보인다

푸릇푸릇한 들판 사이로 구불구불한 길이 나 있다.

제밀라에 가려면 긴 시간이 걸린다.

_「결혼·여름」, p.24

　갑자기 도로 오른쪽에 오렌지 농장이 펼쳐졌다. 녹색 잎과 오렌지 열매의 대비. 한국의 일반적인 활엽수는 혹독한 겨울을 이겨내지 못하고 잎을 떨구는 반면, 알제리의 Citrus(귤 속 오렌지 나무, 레몬 나무 등)와 같은 활엽수들은 겨우 내내 녹색을 유지하는 것이 이방인의 눈에 마냥 신기하다. 수확기에는 어린아이들이 고속도로변까지 나와 대부분 오렌지를 자루째 판다. 과거에는 오렌지 농장이 끝나는 지점 근처 주유소에 들러 주유하는 것이 거의 필수였지만 오늘날은 주유소가 많아 굳이 그럴 필요가 없다.

주유소가 적었다는 것은 대변, 소변도 오래 참아야 했다는 말이 된다. 회사 동료들과 지방 여행을 다닐 때 일행 중 한 명이 소변이 급해 문제가 되기도 했다. 알제리 특히 지방 여행은 사실 많은 여행객에게 불편한 점이 많다.

세티프(Sétif)로 가는 길을 찾기는 비교적 쉽다. 동부 주요 도시 콘스탄틴이 적힌 표지판을 따라 직진만 하면 되지만 엘 율마(El Eulma)에 가까워지면 차를 오른쪽 차선에 재빨리 붙여 고속도로에서 빠져나갈 준비를 해야 한다. 제밀라를 여행할 때마다 표지판을 안 놓치려고 눈 빠지게 오른쪽을 주시했지만 이제 내비게이션이 있으니 그럴 필요가 없다.

한참 더 가야 해 작은 식당에 차를 세웠다. 식당 주인이 손짓으로 부엌 안으로 들어와 보라고 했다. 내키지 않았지만 무엇을 보여주려는 것인지 확인은 해보아야 할 것 같았다. 여러 냄비 안에 다양한 음식이 들어있었다. 대부분 야채를 쪄낸 음식들이었다.

속을 든든히 채우고 다시 출발했다. 창문 밖 식물의 새로 나는 잎, 그 연녹색이 정말 아름답다고 생각했다. 세티프 지역은 알제리에서도 대표적인 농업지역이다. 창문 밖 녹색식물은 밀과 보리 중 하나겠지만 도시에서 자란 내 눈에는 잘 구분되지 않았다. 누구에게 물어보아야 알 수 있을까 생각하다가 알제리 농업기관 소장에게 전화를 걸었다.

"지금 들판에 보이는 푸릇푸릇한 작물이 뭔가요?"

그는 이렇게 대답했다.

"너무 어릴 때는 보리와 밀의 차이가 거의 없어 구분하기 어려워. 주

수많은 로마 유적과 꽃

알베르 카뮈와 알제리

위 농부에게 물어봐."

그의 말이 맞다. 차에서 내려 농부에게 물어보면 될 문제였다. 나지막한 구릉이 계속 이어졌다. 이런 길은 운전하기 매우 어렵다. 핸들을 꺾을 때 반대쪽 차가 안 보이기 때문이다.

> 그 사멸한 도시는 길고 구불구불한 길 끝에 있다. 모퉁이를 돌 때마다 제밀라가 나타날 것만 같아 그 길은 더 멀게 느껴진다.
>
> _위의 책, p.24

이 길이 더 멀게 느껴지는 또 다른 이유는 가끔 길을 차지하는 양과 염소다. 녀석들이 길을 건널 때는 무조건 차를 멈추고 다 지나갈 때까지 기다릴 수밖에 없다.

> 드디어 드높은 산들 사이에 푹 파묻힌 빛바랜 언덕에 백골들의 숲과 같은 누르스름한 잔해가 솟아나 보이면 제밀라는 고동치는 세계의 심장부로 우리만 인도해줄 저 사랑과 인내의, 교훈의 상징과도 같은 모습이다.
>
> _위의 책, p.24

제밀라 로마 유적지가 언덕 사이로 살짝 드러났다. 나는 잠시 물을 마시고 다시 제밀라로 출발했다. 제밀라로 가는 길은 정말 멀다.

휘몰아치는 바람

albert camus, Algeria

차를 주차장에 세우고 유적지 입구에 들어섰다. 금요일이지만 가족 단위 여행객들이 많았다. 21세기 초에 종식된 알제리 내전 이후 사실 알제리인들의 국내 여행객 수는 많지 않다.

카뮈는 100년 전쯤 이곳을 여행했는데 그가 바라본 풍경과 지금 내가 바라보는 풍경은 별 차이가 없을 것이다. 구릉에 둘러싸인 거대한 무대에서 많은 기둥이 유구한 세월 동안 여전히 꼿꼿이 자리를 지키고 있었다. 입구에 들어섰을 때는 바람이 없는 날이라고 생각했는데 어느새 바람이 불었고 해가 안 뜨는 날이라고 생각했는데 조금씩 밝아졌다.

거기 몇 그루 나무들과 마른 풀잎 가운데서 제밀라는 친박한 찬미와 눈요깃거리만 찾는 호기심이나 희망의 유희에 맞서 자신의 모든 산과 모든 돌로 자신을 지키고 있다.

_『결혼·여름』, p.24

묘지 비석처럼 구릉에 세워진 기둥들. 기둥 사이가 촘촘해 서민 거주지였을 가능성이 높다.

흔히 제밀라는 다른 로마 유적 도시인 팀가드(Timgad)와 비교된다. 규모는 팀가드보다 작지만 더 아기자기한 느낌이다. 팀가드를 경복궁에 비교하면 제밀라는 창덕궁이라고 할 수 있다. 제밀라는 구릉지대가 많아 아무래도 규모를 확장하기 어려웠을 것이다.

단단하고 큰 돌들로 만들어진 대로를 따라 걸었다. '모든 길은 로마로 통한다'라고 하지만 지중해를 건너야만 로마로 갈 수 있다.

그곳은 지나가다가 발길을 멈추거나 거쳐 가는 도시가 아니다. 이 도시는 어느 곳으로도 인도해주지 않으며 어느 지역 쪽으로도 트여 있지 않다. 그곳은 갔다가 되돌아오게만 되는 곳이다.

_위의 책, p.24

(왼쪽) 제밀라 로마 유적지 입구. 맨 위에 유네스코 문화유산임을 보여주는 표시기 있다.
(오른쪽) 거리의 악사들은 알제리 전통음악을 들려주었다.

　중앙 부근을 지나 아래로 더 내려갔다. 음악가들이 작은 광장에서 연주 중이었는데 구경꾼은 모두 아이들이어서 그들은 내가 없었다면 한 푼도 벌지 못했을 것이다.

　과거에 시장, 화장실이던 공간을 지나 제사 지내는 장소까지 내려왔다. 무엇보다 이곳은 유적지의 돌과 형형색색의 꽃이 어우러진 모습이 아름다웠다. 돌에 새겨진 활자에서 나는 균형과 절제를 발견할 수 있었다.

　아치가 연속되는 공간 안의 주피터에 토르소가 있었다. 토르소의 머리 부분은 파리 루브르 박물관에 보관되어 있다고 그곳에서 만난 사람이 귀띔해주었고 프랑스인들이 알제리의 가장 소중한 문화유산을 반출해갔다고 덧붙였다. 안 그래도 사멸한 도시가 문화재 반출로 더 황폐해진 것이다.

　제밀라에서 황폐함이 크게 느껴진 공간은 야외극장이다. 관객을 위한 공간에 관객이 없어 더 황폐한 느낌인지 모르겠다. 약간 구석져 관광객의 발길이 닿기 힘든 것도 큰 이유일 것이다.

이제 돌아가야 할 때다. 비탈길을 오르락내리락하다 보니 체력이 고갈되었고 바람까지 심하게 부니 카뮈의 말이 저절로 떠올랐다.

이 치열한 햇빛과 바람의 목욕은 나의 모든 생명력을 소진시켜갔다. 내 속에는 겨우 스쳐 지나가는 저 날개소리, 저 신음을 내는 생명, 정신의 저 갸냘픈 반항뿐이다. 곧 세상의 사방에 흩어지고 기억도 흐려지고 나도 망각한 채 곧 저 바람이 된다. 바람 속에서 나는 저 돌기둥이며 저 아치이며 만지면 따뜻한 저 포석이며 황량한 도시를 에워싼 빛바랜 산들이다. 나 자신에게서 떨어져 나와 거리를 유지하며 내가 세계 속에 현존하고 있음을 이렇게 절감해본 적은 단 한 번도 없다.

_위의 책, p.26

카뮈는 글에서 바람 때문에 무아지경에 다다른 것 같다. 건강한 편인 나도 제밀라의 바람에 기력을 잃을 정도니 허약한 그의 신체는 이곳 바람에 제대로 버티기 힘들었을 것이다.

자신이 죽는다면 여전히 살아남은 사람에게 질투할 거라고 말한 카뮈. 그의 말에 동감한다. 그는 현재에 집중했고 현재의 소중함을 잘 알고 있었다.

(위) 아치가 연속되는 이 공간에서는 시선이 계속 열렸다가 닫히는 느낌이다.
(아래) 관객 없는 야외극장

Travel Sketch

바람이 함께 맞이했던 제밀라 로마 유적

Chapter 14
카빌리는 정말 비참한가?

전쟁이라도 일으키자,
먹을 거라도 얻게

albert camus, Algeria

알제리 국토에 가로줄을 긋는 아틀라스산맥은 알제 동부에 이르러 그 웅장한 자태를 더 자주 드러낸다. 카빌리(Kabyle) 지역은 그 산맥 중에서도 가장 험준한 곳에 있다. 이곳 사람들과 문화를 카빌(Kabyles)이라고 부른다. 행정구역상 현재의 티지우주(Tizi-ouzou), 베자이아(Béjaïa)를 가리키는 경우가 많다.

때때로 겨울에는 산봉우리에 흰 눈을 품은 광경을 보여준다. 아프리카에 흰 눈이라니! 뭔가 안 어울린다고 생각할 것이다. 때로는 겨울이 아닌 계절에 산 정상이 희게 보이는 곳이 있다. 일부 지역의 돌 색상이 희기 때문이다.

자연적인 지점들 주위에 무리를 이루면서 각기 고유한 삶을 사는 마을들. 희고 긴 천으로 옷을 해 입은 사람들, 그들의 정확하고 단순한 몸짓들이 언제나 푸른 하늘을 배경으로 또렷이 보인다. 선인장, 올리브나무,

아프리카의 흰 눈

알베르 카뮈의 알제리

캐롭나무, 그리고 대추나무들이 늘어선 작은
길들. 거기서 올리브를 잔뜩 실은 노새를 끌고
가는 사람들을 만난다.

_『작가수첩 I』, p.106

　대부분 험준한 산지여서 길이 좋을 리 없
다. 구불구불한 좁은 길에 검문소는 많고 느
린 차들이 많아 이 지역 여행은 항상 오래 걸
린다. 그래서 카빌리 지역을 여행하고 알제로
돌아오는 길은 해가 뉘엇뉘엇 저물 때가 많았
다. 어두워지기 전에 집에 도착하지 못한 여
행자의 마음은 타들어 갔다. 어디까지가 카빌
리 지역인지 현지인 I에게 물어본 적이 있다.
　"카빌리 주변 지역 세티프(Sétif), 지젤(Jijel)
을 카빌리 지역으로 볼 수 있는지 궁금해요."
　"언어로 구분하면 되죠. 베르베르어
(Berbère)를 쓰는 사람들이 사는 곳이 카빌리
지역이라고 할 수 있어요."
　전혀 예상하지 못한 대답이었다. 나는 카
빌리 지역을 공간적으로만 구분하려고 했기
때문이다. 알제리 도처에는 카빌리 지역을 비
롯한 베르베르인(Berbères)의 여러 일파가 자
리잡고 있다. 사실 그들이 알제리 원주민이라

(1) 해가 저물 때는 산맥의 실루엣이 더 선명하다.
(2) 다양한 색상의 저 깃발이 베르베르인을 상징한다.
(3) 노새를 끌고 가는 여인

메마르고 척박한 카빌리 풍경

고 할 수 있다. 그들은 대부분 피부가 희다.

우리는 아프리카 원주민을 말할 때 까만 피부를 떠올리지만 아버지가 아랍인, 어머니가 베르베르인이니 정확히 말해 아랍-베르베르인인 I는 이런 식의 인종 구분을 좋아하지 않는다. 알제리는 단일 국가이므로 굳이 인종 구분이 필요 없기 때문인데 사실 북아프리카 지역에 대한 아랍인의 이동이 7세기부터 시작되었으니 구별하기 쉽지 않은 것도 당연하다.

하지만 여전히 일부 베르베르인들은 자신들을 아랍인과 구분하려고 한다. 원래 자신들이 이 땅의 주인이었다는 논리와 자기 문화에 대한 자부심 때문이다. 그 대표적 문화가 그들의 언어인데 베르베르어는 수학

(위) 여행 도중 우연히 만난 사람들
(아래) 시장에서 바쁘게 움직이는 사람들

의 +, -, ×, ÷ 모양의 독자적인 문자까지 있다. 그들은 한국의 단기(檀紀)
와 같은 고유 베르베르력도 있는데 그 계산법에 따르면 서기 2020년은
베르베르력으로 2970년이다.

카빌리 지역의 전형적인 모습은 거대한 암석이 지배하는 메마르고
척박한 풍경이다. 무엇을 심어도 잘 자랄 것 같지 않은 토질에 사람과
물자가 유통되기 힘든 험준한 지형이지만 이곳에 온 관광객에게는 거

대하고 장엄한 풍경이 눈에 먼저 들어올 것이다. 전기에 의하면 카뮈는 '카빌리의 비참함'이라는 제목으로 알제 레퓌블리캥(Alger Républicain) 신문에 연재 기사를 실었다. 첫 번째 기사 제목은 '누더기를 걸친 그리스'였는데 부제가 더 충격적이다.

전쟁이라도 일으키자. 먹을 거라도 얻게…

_『카빌리의 비참함』, p.4

얼마나 가난했으면 전쟁이라도 일으킬 생각을 했을까? 그의 기사는 거의 알려지지 않은 이 지역의 비참한 가난을 "풀과 뿌리를 먹는 사람들", "아이 5명이 독성이 있는 풀뿌리를 먹고 죽었다."라는 표현으로 독자들에게 생생히 전했다.

척박한 자연환경에서도 카빌리 사람들은 알제리에서 비교적 근면한 것으로 알려져 있다. '알제리의 삼성'으로 불리는 거대기업 세비탈(Cévital)도 이 지역이 기반이고 알제리 주요 기업 임원진의 상당수가 이곳 출신인 것이 그 증거다. 특히 카빌리 여인들은 가사노동은 물론 바깥일까지 가리지 않고 억척스럽게 해낸다.

카빌리 출신 아저씨와 대화를 나눈 적이 있다. 그가 내게 "프랑스에 왜 카빌리 사람이 많이 살까?"라고 물었다. 참고로 프랑스에는 알제리인이 많은데 특히 카빌리 출신 비중이 높다.

"카빌리 땅은 척박했으니까."라고 내가 바로 정답을 맞추자 아저씨는 놀란 눈으로 바라보았다. 사실 먹고살기 힘든 곳에서는 누구나 고향을 등지고 떠날 수밖에 없지 않을까?

카빌리에서의 추억들

albert camus, Algeria

카뮈 시절, 카빌리 생활은 비참했지만 지금도 그렇다고 할 수는 없다. 당시는 끼니조차 해결하기 힘든 피식민 상태에서 일반인들이 돌파구를 찾기 힘들었지만 현재는 알제리 정부의 각종 생활지원 덕분에 적어도 굶주리는 사람은 찾아보기 힘들기 때문이다. 그래서 나는 카빌리의 비참함이 아닌 이곳 자연의 아름다움과 사람들의 추억을 이야기해보려고 한다.

카빌리의 높은 산맥 중에 주르주라 공원(Parc National du Djurdjura)이 대표적인데 해발 1,500m 지점까지 차로 올라갈 수 있다. 중간중간 차를 세울 곳이 있으면 대부분 차에서 내려 숨이 멎을 듯한 풍경을 감상한다.

어느 여름날에는 차 문을 모두 열고 에어컨 바람 대신 자연 바람을 즐기는 운전사를 만났고 다른 날에는 먹거리를 건네주는 친절한 아저씨를 만났다.

처음 이 지역에 왔을 때 나는 산장에 들렀는데 암산을 배경으로 최대

자연 바람을 즐기는 방법

한 여유를 즐겼다. 동행자들과 커피 한 잔을 시켜놓고 시간 가는 줄 모르고 편하게 이야기 나눈 기억이 있다.

그 후 나는 산장에서 멀지 않은 곳에 아굴민 호수(Lac Agoulmine)가 있다는 것을 알게 되었다. 아프리카 대륙에서 가장 높은 곳에 있는 호수여서 더더욱 가고 싶어 어느 주말 내비게이션에 아굴민 호수를 입력하고 열심히 차를 몰았지만 도무지 목적지에 다다를 수 없었다. 소득도 없이 알제로 돌아와야만 했다. 나중에야 알았는데 그곳은 차로는 갈 수 없고 최소 2시간 이상 산행을 해야만 접근할 수 있었다.

아굴민 호수의 존재를 한참 동안 잊고 있다가 우연히 지인의 친구가 여행사 프로그램을 통해 아굴민 호수를 갈 수 있다는 말을 들었다. 여행사에 수소문해 알아내 출발 전날에야 겨우 여행사에 사정사정해 내 자리를 예약할 수 있었다. 드디어 여행 당일 버스를 타고 여정을 시작했는데 버스 안에서 사람들은 수다를 멈추지 않았고 큰 음악 소리에 노래까지 불러 부족한 잠을 버스 안에서 채우려던 내 계획은 수포로 돌아갔다. 대신 알제리 최신 음악 트렌드는 잘 알게 되었다.

버스에서 내려 본격적인 산행이 시작되었다. 이 여행 프로그램에 참가한 구성원들의 성별과 연령대가 다양해 모두 같은 속도로 움직일 수는 없었다. 급기야 산행 도중 만난 갈림길에서 일행은 둘로 나뉘었고 나는 별 고민 없이 급경사로 갈 그룹을 선택했다. 얼마 가지 않아 내 선택이 큰 실수였음을 절감했다. 턱밑까지 차오르는 호흡과 머리 위로 올라오는 열기 때문에 그 자리에 그냥 주저앉고 싶었다.

완만한 길을 선택한 그룹을 부러워하며 여정을 계속했는데 사람들이 내게 자주 말을 걸었다. 일행 중 유일한 동양인에 보이는 호기심인 듯했다. 관심은 달가웠지만 숨이 차 간단히 대답하기도 쉽지 않았다.

천신만고 끝에 도착한 아굴민 호수. 갈수기여서 물은 많지 않았는데 신기하게도 호수는 사람이 아닌 소들이 점령하고 있었다. 소들을 바라보며 꿀맛 같은 휴식을 취하고 나니 점점 배고파진다는 것과 점심식사를 제대로 챙겨오지 않았음을 깨달았다. 출발지점으로 복귀할 때까지 3시간이나 남아 뭐라도 먹고 허기를 달래야 했다. 하지만 자연 한가운데 식당이 있을 리 없었다.

주변을 살펴보니 바비큐 식사를 준비 중인 가족이 눈에 들어왔다. 나도 모르게 발길이 그쪽으로 향했다. 먼저 이곳 풍경이 어떠냐는 질문으로 대화를 시작했고 마침내 내 숨은 의도대로 그들은 내게 식사 제의를 해주었다.

아주머니는 반으로 가른 바게트에 그릴에서 막 구워낸 고기, 토마토, 양파를 얹어주었다. 샌드위치를 먹으며 대화를 계속 이어갔다. 근처 티지 우주(Tizi Ouzou)에서 온 이 가족은 종종 호수에 온다고 했다. 아주머니는 눈이 있는 겨울 풍경이 지금보다 멋지다고 설명했다. 나는 그냥 일

(위) 길을 묻는 내게 빵과 올리브유를 건네는 친절한 아저씨
(아래) 급경사 길. 다시는 이런 길로 산행하지 않겠다고 다짐했다.

어서기 미안해 간단한 그림을 선물했다. 아저씨는 그림에 사인을 해달
라고 부탁했다.

산에서 내려가기는 올라가기보다 쉬웠다. 지형과 길이 눈에 익었기

(1)

(2)

(3)

(1) 가끔 짙은 안개 때문에 시야가 가렸지만
    동행자들이 있어 안심했다.
(2) 배고픈 내게 음식을 준 가족
(3) 불청객에게 무화과를 따주는 아저씨

길을 헤맨 곳의 풍경

때문이다. 카빌리 지역에서 음식을 얻어먹은 기억은 이뿐만이 아니다. 뜨거운 여름날 여행 도중 때마침 고장난 에어컨 때문에 중간에 차를 세웠다. 근처에서 선인장 열매를 따던 아저씨와 우연히 대화를 시작했고 그는 나를 자신의 집으로 안내했다. 카빌리의 전형적인 가옥과 삶의 방식에 대해 아저씨와 대화를 나누었는데 아저씨는 이야기 도중 적당히 익은 무화과를 따 우리 가족에게 건네주었다. 무화과를 좋아하지 않는 나도 더 달라고 부탁했을 만큼 매우 달콤한 열매였다.

(1)

(2)

(3)

(1) 왕복 2차선 도로는 가끔 1차선이 된다
    난간도 없어 위험하다.
(2) 고도가 높아질수록 아직 녹지 않은 눈이
    보인다. 아프리카의 눈
(3) 저 산 뒤쪽이 친구의 집이다.

올리브유를 짜러 고향에 와 있던, 카빌리 출신의 현지인 친구가 내가 원하면 와도 된다고 말한 적이 있다. 별다른 약속이 없던 내 대답은 '예스'였다. 친구는 알제에서 5시간이면 도착할 수 있을 거라고 말했지만 출발 전부터 나는 더 오래 걸릴 각오를 하고 있었다. 중간중간 차를 세울 것이고 구불구불한 산길에서 조금 헤맬 수도 있기 때문이었다.

결론부터 말해 조금이 아니라 많이 헤맸다. 카빌리 지역 최고봉인 랄라 카지자(Lalla Khadjidja; 최고 높이 2,308m)를 넘어갔다가 다시 유턴해 돌아왔으니 할 말 다 했다.

우연히 멈추어선 마을에서는 축제가 벌어지고 있었고 나는 동네 주민들에게 이끌려 주민회관에 들어갔다. 공식적으로는 그들이 나를 초대한 것이지만 배고픔을 못 이긴 내가 음식 냄새에 끌려 다가갔다고 보는 게 맞다.

작은 마을회관에 들어서자 주민 한 명이 나를 앉히고 전통음식인 쿠스쿠스 한 접시를 갖다 주셨다. 지역마다 재료가 조금씩 다른 쿠스쿠스. 특이하게도 그 마을에서는 쿠스쿠스에 달걀을 넣는데 맛있었다. 배고프던 나는 뚝딱 한 그릇을 해치우고 그들에게 연신 감사하다는 말을 반복했다.

마을회관에서 나온 나는 주민들과 기념촬영을 하고 싶어 어느 할아버지에게 촬영을 부탁했다. 할아버지가 셔터를 깊이 누르는 바람에 카메라가 흔들려 내 머리 윗부분이 찍히지 않았지만 유쾌한 기억은 충분히 기록되었다.

든든히 배를 채우니 속은 편했지만 마음은 편하지 않았다. 날이 저무는데도 아직 친구 집을 못 찾았으니까. 나는 친구 집에 겨우 도착하자마

(왼쪽) 어쩌면 이곳 주인은 원숭이들인지도 모른다.
(오른쪽) 두려움이 기쁨으로 바뀌는 순간

자 곯아떨어졌다. 다음 날 아침 잠시 동네를 둘러보고 친구와 나는 올리브유를 짜내는 방앗간으로 서둘러 이동했다.

방앗간 마당은 나뭇가지 등으로 경계를 삼아 여러 구역으로 이루어져 있었다. 집집마다 가져온 올리브를 구분하기 위해서였다. 친구는 다른 집보다 자신의 올리브가 더 좋다고 말했지만 내 눈에는 다 똑같아 보였다. 우리는 폴폴 연기가 새어 나오는 방앗간으로 들어갔다.

우선 올리브는 거대한 맷돌로 분쇄되어 망태기에 담겨 압착기에 차곡차곡 쌓이고 있었다. 압착기는 아래위로 느리게 움직였는데 큰 압력으로 새어 나온 올리브유는 아래로 흐르고 이후 중력에 의해 기름은 더 아래로 자동으로 넘어가는 식이었다. 아래 창고에서는 다른 층을 이룬 이 기름과 이물질을 분리하고 있었다.

하늘과 바다의 경계가 모호해지는 풍경이 아름답다.

전통 방식 그대로 따랐다지만 대부분 기계의 힘에 의존하고 있었다. 예를 들어, 맷돌이다. 옛날 사진을 보면 소가 거대한 맷돌을 끌었을 것이다. 과거부터 올리브는 카빌리 지역 경제에서 중요한 역할을 해왔다. 열매나 올리브유 형태로 지금까지도 알제리 곳곳에서 대량 소비되고 있다. 카빌리 지역에는 산만 있는 것은 아니다.

특히 베자이야는 바다 풍경으로 유명하다. 해변까지 와서 해수욕을 안 할 수 없었다. 좀 두려웠지만 다이빙도 빼놓을 수 없었다. 물에 빠지는 순간 들리는 주변 함성! 나는 이런 추억들 때문에 카빌리를 비참함으로 기억하지 않고 있다.

<table>
<tr><td colspan="2">(1)</td></tr>
<tr><td>(2)</td><td>(3)</td></tr>
</table>

(1) 가운데 거대한 맷돌이 올리브를 먼저 분쇄한다.
(2) 분쇄된 올리브를 망태기에 담는다.
(3) 압착된 기름이 흘러나온다.

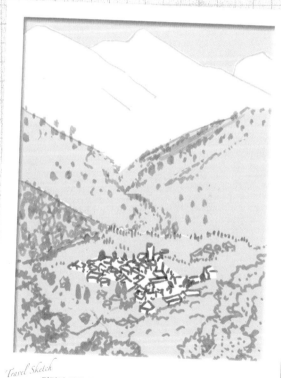

Travel Sketch
겹겹이 싸인 산 정상의 마을. 카빌리 지역의 전형적인 풍경이다.

Chapter 15

『페스트』의 도시

소설의 무대

죽은 쥐를 발견하면서 시작되는 소설 『페스트』는 페스트 질병에 대항한 주인공들의 극복 과정을 담았는데 카뮈는 이 소설로 첫 상업적 성공을 거두었다. 나는 죽음, 쥐 등의 소재를 좋아하지 않아 페이지 넘기기가 힘들었다.

소설 『이방인』이 단순히 살인자의 이야기가 아니듯 『페스트』도 여러 해석이 가능한 작품이다. 전염병 대신 전쟁이라는 절망적 상황을 대입시켜도 충분히 읽히는 소설로 인류가 큰 위기에 어떻게 대응해야 하고 사람들이 어떤 반응을 보일지 엿볼 수 있다.

소설책을 덮고 나니 소설 속 배경인 오랑의 이미지가 부정적으로 다가왔다. 그런데 훗날 직접 가보니 소설 속의 음울한 분위기와 거리가 멀어 놀랐다. 도시는 전반적으로 밝았다. 다만 오랑 외곽의 일부 거리는 스산한 느낌이었다. 거리에서 쥐가 튀어나올지 약간 겁났다. 실제로 오랑은 소설처럼 대규모 페스트가 창궐했던 적이 없으니 괜한 걱정이었다.

오랑 외곽 거리

『페스트』의 주인공은 의사 리외다. 4월 어느 날 리외는 진찰실에서 나오다가 계단 한복판에 죽어 있는 쥐를 밟을 뻔했다. 그 진찰실에 대한 묘사가 없어 실제 배경 장소를 찾는 데 어려움이 있다. 그나마 알 수 있는 사실은 진찰실 근처에 공장이 있었다는 정도다.

> 의사는 창문을 열었다. 그러자 시가의 소음이 대뜸 커졌다. 이웃에 있는 어떤 공장에서 기계톱의 짧고 반복되는 소리가 싸각싸각 들려왔다. 리외는 머리를 흠칫하며 정신을 가다듬었다. 저 매일매일의 노동, 바로 거기에 확신이 담겨 있는 것이었다. (중략) 중요한 것은 저마다 자기가 맡은 직책을 충실히 수행해 나가는 일이었다."
>
> _『페스트』, p.59

성실한 리외 옆에서 페스트에 대항해 함께 싸우는 장 타루의 장소는 어디일까? 다음 글에서 추측해볼 수 있다.

> 장 타루는 몇 주일 전부터 오랑에 와서 자리를 잡고 그때 이후 시내 중심가에 있는 한 호텔에서 살고 있었다. 보아하니 그는 자기 수입으로 살기에 꽤 넉넉한 형편인 것 같았다.
>
> _위의 책, p.37

나는 장 타루의 호텔이 번화가의 큰 호텔이라는 점에서 로얄 호텔 (Royal Hotel)일 가능성이 크다고 생각한다. 화가 에티엔 디네(Etienne Dinet; 알제리에서 활동한 프랑스 화가, 당시 알제리 문화를 느낄 수 있는 다수 작품을 남

(위) 로얄 호텔의 정면. 오랑의 최고급 호텔 중 한 곳이다.
(아래) 호텔 안 에티엔 디네의 작품

겼다)의 원본 그림이 있기 때문에 나는 이 호텔을 좋아한다. 알제리의 많
은 곳에서 그의 모사본을 볼 수 있지만 원본이 주는 품격을 따라올 수
는 없다. 전에 에티엔 디네가 주로 활동했던 사하라 시작점인 부 사아다
(Bou Saâda)에 있는 그의 미술관을 찾아간 적이 있는데 문이 닫혀 그림을
감상할 수 없어 아쉬운 기억이 있다.

　나는 호텔에서 나와 소설 속 다른 장소를 찾아 나섰다. 시간이 흐를

수록 시내에는 죽은 쥐가 늘어나기 시작한다는 대목에서 프롱 드 메르 (Front de Mer)가 언급된다.

> 아름 광장, 간선도로, 프롱 드 메르 산책로 같은 곳도 점점 그것들로 더 러워졌다.
>
> _위의 책, p.27

프롱 드 메르는 해변이 바라보이는 오랑의 대표적인 산책로다. 관광객들은 이곳 테라스에서 바다를 바라보며 천천히 거니는데 이 공간에서 쥐가 발견되었다고 표현함으로써 카뮈는 전염병이 오랑 전역에 확산 중임을 독자에게 넌지시 알리려고 했을 것이다. 비단 산책로뿐일까? 전차에서도 쥐가 발견된다.

> 진흙을 바른 기나긴 벽으로 둘러싸인 가운데 먼지가 자욱이 내려앉은 진열장들이 늘어선 거리거리에서, 칙칙한 황색의 전차 속에서, 사람들은 저마다 하늘 아래 감금당한 죄수가 된 느낌이었다
>
> _위의 책, p.46

오랑의 전차는 건물 사이로 다니는데 카뮈 시절에도 이곳 전차는 지나갔을 것이다. 나는 언덕 전차길을 볼 때마다 수 년 전의 오랑 전차사고가 떠오른다. 차장이 전차를 세워놓고 커피를 주문하러 간 사이 브레이크가 풀리면서 전차가 내리막길로 치달았다. 다행히 인명피해는 없었지만 전차는 회전 구간에서 상점을 들이박고서야 멈추었다.

(1) 황금빛 햇빛과 비. 인간은 날씨의 영향을 많이 받는다.

(2) 프롱 드 메르 산책로

(3) 전차 통행로

소설로 다시 돌아와 페스트는 확산되어 오랑 시민들은 도시 안에 갇힌다. 리외는 질병에 굴하지 않고 성실히 임무를 수행했다.

> 사망자의 수가 다시 서른 명으로 늘어난 날, 베르나르 리유는 "저들이 겁을 먹었소."하며 지사가 내미는 전보 공문을 받아 읽었다. 전보에는 '페스트 사태를 선언하고 도시를 폐쇄하라'고 적혀 있었다.
>
> _위의 책, p.89

소설 속에 그가 공화국 여신상 근처로 이동하는 장면이 등장한다. 지금 오랑 광장에는 '먼지를 푹 뒤집어쓴 공화국 여신상' 대신 시디 브라힘 기념탑(Monument de Sidi-Brahim)이 서 있다. 종려나무는 여전히 있지만 무화과 나무는 안 보인다.

> 두 사람은 다시 발걸음을 옮겨서 연병장까지 왔다. 무화과나무와 종려나무 가지들이, 먼지가 쌓여 더러워진 공화국의 여신상 주변에 역시 먼지를 푹 뒤집어쓴 채 조용히 늘어서 있었다. 그들은 그 기념상 아래에

235

멈추어 섰다. 리유는 뿌연 먼지로 뒤덮인 신발을 한 짝씩 차례로 땅에
탁탁 치며 털었다.

_위의 책, p.116

리외와 달리 페스트 앞에 무력한 파늘루 신부가 소설 속에 등장한다.
종교가 인간의 고난을 해결할 수 없다는 카뮈의 기본적인 생각을 소설
에서 엿볼 수 있는 것이 흥미롭다. 소설 속 파늘루 신부가 연구했다는 성
아우구스티누스는 실제로 카뮈와 관련이 깊었다. 그의 학위논문 대상이
었기 때문이다. 참고로 성 아우구스티누스는 알제리 동부 출신이다.

파늘루 신부는 성 아우구스티누스와 아프리카 교회에 대한 연구로 해
서 그의 교단에서 각별한 지위를 얻고 있었는데 약 두 주일 전부터 그
연구에서도 간신히 손을 뺄 수 있었다.

_위의 책, p.126

페스트는 전반적으로 재미있는 소설은 아니지만 읽다가 웃었던 대목
이 있다.

오랑의 언덕에는 성채가 많다.

"이 판은 재미가 없어요." 하고 랑베르가 말했다. "게다가 오늘은 열 번이나 들었으니 말이에요."

"그렇게 그 곡이 좋으세요?"

"아닙니다. 이것밖에 가진 게 없어서요."

_위의 책, p.214

주변 사람들의 죽음이 당연시되던 시간이 지나고 페스트는 물러갔다. 사람들은 이제 환호한다.

산언덕 꼭대기에 있는 요새의 대포들은 움직이지 않는 하늘에 끊임없이 포성을 울렸다. 도시 전체가 밖으로 쏟아져 나와서, 고통의 시간은 종말을 고했지만 망각의 시간은 아직 시작도 되지 않은 그 벅찬 순간을 축복하고 있었다

_위의 책, p.384

하지만 그때 리외는 지금까지의 일들을 글로 쓰기로 결심했다. 그 기쁨이 항상 위협받고 있다는 사실을 상기하기 위해서였다.

아마 언젠가는 인간들에게 불행과 교훈을 가져다주기 위해서 또다시 저 쥐들을 흔들어 깨워서 어느 행복한 도시로 그것들을 몰아넣어 거기서 죽게 할 날이 온다는 것을 알고 있었기 때문이다.

_위의 책, p.402

처가가 있는 동네

가령, '비둘기도 없고 나무도 없고 공원도 없어서 새들이 날개 치는 소리도 나뭇잎 흔들리는 소리도 들을 수 없는 도시, 요컨대 중성적인 장소'일 뿐인 이 도시를 어떻게 설명하면 상상할 수 있을까?

_『페스트』, p.11

위 구절 때문에 오랑에는 녹지가 없는 줄로 생각했지만 사실 그렇지 않다. 나무도 있고 공원도 있다. 사실이 아닌 묘사에 대해 오랑 시민들은 카뮈에게 항의했고 결국 카뮈는 오랑 시민에게 사과했다고 한다.

택시를 타고 오랑 시내로 갈 때였다. 택시기사는 막히는 길을 피해 좁은 골목길로 차를 몰았는데 창밖을 바라본 순간 사거리에서 카뮈가 말한 식민관(Maison du Colon: 오늘날 명칭은 '오랑 문화예술의 집'Palais de la Culture et des Arts Ville d'Oran)이 모습을 드러냈다. 특이한 형태와 색상, 모자이크 때문에 눈길을 사로잡는 건물이었다.

삿갓 모양의 지붕 건물이 식민관이다.

만약 그런 것이 있다면 형이상학 못지않게 경제와도 관련 있는 수많은
이유 때문에 오랑의 스타일은 식민관으로 불리는 기이한 건물에 분명
히 힘차게 표현되어 있다고 할 수 있다.

_『결혼·여름』, p.94

그는 이 건물에 대해 쓴소리를 아끼지 않았다.

건물로 판단한다면 그 미덕은 3가지다. 취미의 대담성, 폭력에의 사랑,
역사적 종합 감각이다. 이집트, 비잔티움, 뮌헨이 협력해 뒤집어놓은 거
대한 잔 모양의 기묘한 케이크를 건조해놓았다. 다양한 색상의 돌들이
더할 수 없이 힘찬 효과를 내며 테두리를 지붕에 둘렀다. 이 모자이크의
강렬함이 얼마나 노골적인지 형상 없는 눈부심밖에 아무것도 눈에 들어
오는 것이 없을 정도다.

_위의 책, p.95

나무와 공원이 있는 오랑

카뮈의 비판은 건물에만 국한되지 않았다. 그는 오랑 중심광장의 조
각상도 비판했다.

오랑은 또 한편 아름광장의 사자 2마리에 큰 애착을 갖고 있다. 이 사자
들은 1888년 이후 시청 계단 양쪽에 군림하고 있다. 그 제작자는 카인
이었다. 사자는 위엄 있고 몸통은 작다. 밤이 되면 그놈들은 차례대로
받침대에서 내려와 어두운 광장 주위를 소리 없이 돌고 때로는 먼지투
성이인 큰 무화과나무 아래에서 오줌을 눈다는 이야기다. 말할 것도 없
이 이것은 소문에 불과하지만 오랑 사람들은 믿는 척하고 귀를 기울인
다. 있을 만한 이야기는 아니다. (중략) 카인은 바다 건너 식민지의 상업
적인 지방 광장에 우스운 낯짝 2개를 만들어 세웠다.

_위의 책, p.96

(위) 아케이드
(아래) 67번지 보석 상점

오랑의 상징물에 대한 카뮈의 비판은 내가 보기에 좀 과한 면이 있다. 아랍어로 와흐란(Wahran; 사자 2마리)으로 불리는 도시이므로 시청 앞에 2마리 사자상이 존재하는 것은 납득이 가고 조각상 자체만 살펴보더라도 균형감이 없다거나 우스운 형태는 아니다.

당시 처가에 얹혀 살던 카뮈의 눈에는 오랑이라는 도시가 달갑지 않게 보였을 거라는 의심을 품었다. 사실 처가 사람들은 결혼 전부터 카뮈를 좋게 보지 않았으니 처가살이가 편하지는 않았을 것이다.

참고로 그의 두 번째 아내가 될 프랑스 포르(Francine Faure)가 카뮈와의 결혼을 처음 말했을 때 그녀의 가족은 폭소를 터뜨렸다고 한다. 당시

(위) 유리창에 비친 카뮈의 처가 건물. 창문 주변과 처마 밑 장식에서 건물의 품격이 느껴진다.
(아래) 길에서 바라본 카뮈의 처가

카뮈는 결핵환자였고 생계를 꾸려갈 제대로 된 직장도 없었기 때문이다. 게다가 첫 번째 부인과 이혼도 안 한 상태였다.

그가 머물렀을 처가를 찾기 위해 라르비 벤 음히디가(Rue Larbi Ben M'hidi)에 들어섰다. 행인들과 차로 시끌벅적한 거리 주변 건물들은 나름대로 위용을 자랑하고 있었다. 공공부문 건설업자였던 카뮈의 장인은 자신의 집을 직접 지었다.

거리를 걷다가 67번지만 찾으면 되었다. 시계가 걸려 있는 가로등을 지나 회랑에 들어섰는데 공간 구조가 파리 리볼리가와 비슷했다. 아케이드는 차도와 평행으로 끝이 안 보일 정도로 이어졌다.

보석 상점 간판에 67번지라고 적혀 있었는데 이상하게도 하나 건너 다른 상점에도 똑같은 숫자가 적혀 있었다. 이해가 안 된 나는 잠시 그곳에서 서성였다.

두 상점 사이의 큰 문 안으로 들어가 보기로 했다. 무거운 대문은 열려 있어 손으로 밀기만 하면 들어갈 수 있었다. 어두컴컴한 실내에 계단이 보였고 그 계단은 시계방향으로 위로 향했다.

나는 계단을 따라 2층으로 올라갔다. 이제 양쪽 두 집 중 하나가 그의 집이었다. 왼쪽 집은 치아교정 전문의 간판을 달고 있었고 오른쪽 집은 아무 간판도 없어 평범한 가정집으로 보였다. 왼쪽 치과 문을 노크하니 간호사가 맞아주었다.

"카뮈의 집을 찾아왔습니다."

나는 조심스러운 눈빛으로 그녀의 반응을 살폈다.

"반대쪽이에요. 그런데 지금 주인이 안 계세요. 주인이 바뀐 후 실내가 전부 바뀌어 옛 모습을 찾아보기는 어려울 거예요."

친절히 설명해주는 그녀가 고마웠다. 감사의 인사를 전하고 반대쪽 대문 앞으로 갔다. 전기, 가스계량기부터 장식 없는 철제대문까지 모두 현대에 만들어져 카뮈의 시절을 전혀 대변하지 않았다. 그가 이곳에 묵기는 했을까? 문 앞에서 움직이지 않는 나를 보고 간호사가 말했다.

"저녁 7시가 넘으면 집주인이 돌아올 겁니다. 그때 다시 와보세요."

"굳이 그럴 필요까지는 없어요. 집주인이 나를 귀찮아할 것 같아요."

나는 계단을 따라 건물 옥상에 올라갔다. 건물 주위를 더 관찰하고 싶었다. 옥상 문을 여니 전면이 유리인 현대식 건물이 주변의 다른 건물을 압도하고 있었다. 예상하지 못한 이질적인 풍경이었다.

멀리 서쪽에 산타크루즈가 보였다. 산타크루즈 오른쪽에 바다가 보여야 했지만 건물이 시야를 가려 바다는 그 모습을 보여주지 않았다. 옥상에서 내려오며 막상 카뮈의 집을 다시 보니 안에 들어가고 싶어졌다. 저녁까지 기다려볼까 생각도 해보았지만 포기하기로 했다.

나는 거리로 나왔다. 여전히 거리는 행인과 차들로 요란했다. 어쩌면 카뮈는 중심가의 이런 환경을 좋아하지 않았을 거라는 생각이 들었다. 어린 시절 그가 살았던 알제의 집도 도로변에 있었지만 거리 소음은 심하지 않았는데 상대적으로 이곳의 거리 소음은 건물 사이에서 울려 퍼지고 있었다.

오랑 사람들은 임종 때 마지막 시선을 그 무엇과도 바꿀 수 없는 이 대지에 던지며 "창문을 닫아요. 너무 아름다우니."라고 외쳤다는 저 플로베르의 친구를 닮은 것 같았다. 오랑 사람들은 창문을 닫았고 그 속에 갇혔으며 풍경을 내쫓아버렸다.

_위의 책, p.100

Travel Sketch

카뮈가 좋아하지 않았던 오랑시청 앞 사자상

Chapter 16
오랑의 서쪽

산타크루즈 풍경

albert camus, Algeria

오랑의 또 다른 상징인 산타크루즈로 가는 길. 차는 한산한 거리에 접어들었고 내 시야에서 녹색이 차지하는 비율이 점점 높아지기 시작했다. 카뮈가 호화로운 산책로라고 말한 것은 이곳 식물이 유난히 다채롭거나 풍부해서라기보다 나무가 적은 오랑 도심에 비해 상대적으로 많게 느껴졌기 때문일 것이다.

오랑의 위쪽은 산타크루즈 산이고 고원과 가느다란 수많은 계곡이다. 전에 마차가 다니던 길들은 바다를 굽어보는 산허리에 달라붙어 있다. 1월에 그중 어떤 길들은 꽃들로 뒤덮인다. 수레국화와 미나리아재비가 그 길들을 노란색과 흰색으로 수놓은 호화로운 산책길로 만든다.

_『결혼·여름』, p.100

산타크루즈로 올라가는 길은 험난하다. 카뮈의 말대로 원래 마차가 바닷속에 웅크린 울퉁불퉁한 절벽들. 인간의 엄청난 무질서와 항상 변함없는 바다의 항구성, 카뮈가 말한 그대로다.

다니던 길이기 때문인지도 모르겠다. 관광객이 몰리는 여름 성수기에 차들은 거의 서 있다. 차량이 많기도 하지만 일부 구간이 왕복 2차선보다 좁기 때문이기도 하다.

조금 더 올라가면 고원을 둘러싼 울퉁불퉁한 절벽들이 벌써 붉은 짐승들처럼 바닷속에 웅크리고 있다. 조금 더 올라가면 해와 바람의 큰 회오리바람이 바위투성이 풍경의 네 구석에 제멋대로 흩어진 무질서한 도시를 뒤덮고 휘몰아쳐 뒤섞어버린다. 이것에 맞서는 것은 인간의 엄청난 무질서와 항상 변함없는 바다의 항구성이다. 생명의 기막힌 향기가 산허리 길 쪽으로 솟아오르려면 이것으로 충분하다.

_위의 책, p.87

산 정상에 조금 못 미친 곳에 작은 주차장이 있다. 이곳에 주차하라는 말 없는 신호다. 차에서 내리면 산타크루즈 예배당(Chapelle de Santa Cruz)이 나오는데 이 안의 성모 마리아상은 팔을 벌린 채 도시를 내려다보고 있다. 단 하루 사이에 수백 명의 희생자가 발생한 1849년 콜레라 사태 이듬해 이 조각상이 세워졌다.

산타크루즈 산 아래에는 알레포 소나무가 많이 분포한다.

예배당에서 조금 더 올라가야 정상 근처에 갈 수 있다. 내 앞은 가파른 급경사였다. 급경사를 다 올라가면 입장료를 내고 요새 정문으로 입장할 수 있다. 16세기 스페인이 건설한 요새는 훗날 프랑스군에 의해 일부가 변형되었다.

요새를 지나 산타크루즈의 맨 위에 올라가면 사방이 보이는 테라스에 다다른다. 가쁜 숨을 잠시 멈추고 풍경을 즐길 시간이다.

산타크루즈에 대해 들을 만한 말은 이미 다 들었다. 그런데 내가 그 이

산타크루즈 테라스에서의 풍경

야기를 또 해야 한다면 명절날 가파른 언덕을 기어 올라가는 거룩한 행렬 말고 다른 순례들을 상기시키겠다. 그들은 붉은 돌 사이를 호젓이 걸어가 꼼짝도 안 하는 만 위까지 올라가 빛나고 완벽한 1시간을 고스란히 헐벗음에 바친다.

_위의 책, p.100

'완벽한 1시간'이라는 표현에 멈칫 생각하게 된다. 시간에 쫓기며 여행하는 우리는 1시간 만이라도 한 장소에서 진득하게 머문 적이 있는

(위) 오랑 도시를 내려다보는 성모 마리아상
(아래) 예배당 기둥 사이로 하늘을 볼 수 있다.

가? 산타크루즈에 대한 장 그르니에의 표현은 어땠을까?

관객인 우리를 배우로 변모시킨다. 이것은 우리 앞에 점점 더 넓게 열리는 공간, 여전히 더 많은 빛으로 채워지는 공간 같은 것이다. 우리는 도취된 채 걷는다. 그것은 그 자체를 확신하는 취기, 목표를 향해 곧장 나아가 마침내 대자연과 정신의 포옹에 이르는 도취다. (중략) 걸음을 멈추자. 한 발만 더 나아가면 모든 것이 부서질 것 같다.

_장 그르니에, 『지중해의 영감』, p.29

자유의 일주일을 보낸 바다

albert camus, Algeria

전기에 의하면 카뮈는 니콜라 치아르몬테(Nicola Chiaromonte: 이탈리아 행동가이자 작가)와 함께 메르스 엘-케비르(Mers el-Kébir) 너머 인적이 없는 해안까지 자전거를 타고 가곤 했는데 그들은 그곳에서 둘 다 바다를 사랑한다는 사실을 알게 되었다. 오랑 서쪽 메르스 엘-케비르를 지나면 해군기지가 여전히 자리잡고 있다.

사막은 가차 없는 뭔가를 갖고 있다. 오랑의 광물질 하늘, 먼지로 뒤덮인 그 길거리와 나무들 모두 가슴과 머리가 그 자체로부터도 또 제 하나의 목적인 인간으로부터도 결코 한눈을 팔지 않는 두껍고 무심한 이 세계를 만들어내는 데 이바지하고 있다. 나는 여기서 한적하게 물러나 사는 것이 얼마나 어려운 것인지 말하고 있다.

_『결혼·여름』, p.87

(1) 해군기지가 있는 메르스 엘-케비르를 지나가야 한다.
(2) 도로 오른쪽에 바다가 펼쳐진다.
(3) 오랑 근처의 위태로운 절벽

도로 오른쪽에 조용하고 푸른 바다가 펼쳐져 있었다. 가끔 차는 아찔한 절벽 아래를 지나가야 했다.

오랑의 성문만 나서면 자연이 목청을 돋운다.

_위의 책, p.100

그는 바다에 대한 감탄사를 아끼지 않았는데 산타크루즈와 같은 산을 대할 때와 분위기가 사뭇 다르다. 그는 바다를 너무나 사랑했다.

오랑은 자신의 모래사막인 해변도 갖고 있다. 성문만 나서면 나타나는 해변은 겨울과 봄 이외에는 호젓하지 않다. 수선화로 언덕들이 뒤덮이고 꽃 속의 앙상한 작은 별장들로 가득 차는 것은 이때다. 저 아래서 바다가 조금 으르렁거린다. 그런데도 벌써 해와 산들바람, 하얀 수선, 야생의 푸른 하늘 모두가 여름을, 그때 해변을 뒤덮는 금빛 젊음을, 모래 위에서의 긴 시간과 저녁의 갑작스러운 다사로움을 상상하게 한다.

_위의 책, p.101

얼마나 갔을까? 해변 근처 주차장에 차를 세우고 잠시 모래사장을 걸었다. 해변에서는 방문객을 맞이할 준비가 한창이었다.

항상 순결하기만 한 풍경을 발견하려면 더 멀리 가야 한다. 사람들이 다녀간 흔적이라곤 헐어빠진 바라크 한 채밖에 안 남은, 인적 없는 긴 모래언덕들이 그것이다. 때때로 아랍인 양치기가 흑백얼룩이 염소 떼를

(위) 아침이 지나면 사람들로 북적거릴 것이다.
(아래) 햇살이 뜨거운 시간대가 아닌데도 사람이 많았다.

(위) 초행길에 저런 안개 속을 헤쳐 나가야 한다면 긴장할 수밖에 없다.
(아래) 어느새 갠 하늘. 오늘날에도 양치기를 쉽게 찾아볼 수 있다.

차 옆에 우리 텐트가 보인다.

모래언덕 꼭대기로 몰고 간다. 오랑 지방의 이런 해변에서는 매일 여름 아침이 세계의 첫 아침 같다.

_위의 책, p.101

　　오랑에서 가까운 해변일수록 사람이 많을 수밖에 없다. 그의 말대로 순결한 풍경을 위해서는 도시로부터 멀어져야 한다. 생각해보니 내 친구 K와 함께 차를 타고 카뮈의 말대로 여행한 적이 있다. 우리는 우선 K의 현지인 친구 집에서 하룻밤을 보냈다. 다음 날 아침 집에서 나와 가까운 해변으로 향했는데 아침부터 벌써 사람들로 가득 차 있었다. 우리는 다시 차에 올라타 서쪽으로 향했다. 한참 가니 눈길을 사로잡는 해변이 있었다. 너무나 푸른 바다색이었다.

우리는 아쉬움을 뒤로 하고 다시 출발했다. 해발고도가 점점 높아지자 맑던 날씨가 흐려졌다. 급기야 운전자의 시야를 방해할 정도의 안개가 나타났다.

오랑에서 멀리 떨어진 해변에서 우리는 텐트칠 자리를 발견했다. 운치 있는 해변도 아니었고 푹신한 모래바닥도 아니었지만 서쪽으로 더 이동할 체력이 남지 않았다.

> 오래전 일이지만 일주일 동안 나는 이 세상의 행복을 마음껏 누리며 살아본 적이 있다. 우리는 바닷가에서 지붕도 없이 잠을 잤고 나는 과일을 양식 삼아 매일 반나절은 인적 없는 바다에서 지냈다. 그때 나는 진리를 깨달았다. 진리는 안락이나 안정 기미가 보이기만 하면 그것을 고소와 불쾌감, 때로는 분노로 맞도록 강요하는 것이었다.
>
> _「안과 겉」, p.20

카뮈는 인적 없는 바다에서 일주일을 보냈지만 우리는 인적 있는 바다에서 밤을 보내야 했다. 카뮈는 지붕도 없이 잠을 잤다니 텐트도 없이 비박을 했던 것 같다.

늦은 시간이었지만 우리는 간단히 해수욕을 즐기고 텐트에 들어와 잠을 청했다. 쉽게 잠들기 힘든 밤이었다. 파도 소리가 너무 커서였을까?

Travel Sketch

산타크루즈에 서면 오랑 시내와 바다가 모두 보인다.

Chapter 17

그에게 소개하고 싶은 사하라

비스크라로 가는 길

albert camus, Algeria

전기에 의하면 1952년 겨울에 카뮈는 다시 한 번 알제리로 떠났다. 전에 못 가본 사하라 일대 유명한 오아시스 마을들을 가볼 예정이었지만 카뮈는 여행할 수 없었다. 당시 그 지방에 소동 조짐이 있었기 때문이다. 카뮈가 사하라를 제대로 보지 못해 광대한 사하라 풍경을 그의 언어로 만날 수 없다는 점에서 아쉽다.

그는 오랑에서 '광물의 위대함'을 말했지만 그가 사하라를 제대로 경험했다면 그 말을 쉽게 못 했을지도 모른다. 사하라는 지금도 쉽게 갈 수 없는 곳이다. 거리뿐만 아니라 심리적으로도 멀기 때문이다. 지형적 이유도 한몫한다. 지중해와 사하라 사이에 높은 아틀라스산맥이 가로막고 있기 때문이다. 그러니 과거부터 이 산맥 때문에 남북 교류는 동서 교류보다 많지 않았다.

그런데 가끔 아틀라스산맥은 사하라 사막으로의 여정을 허락하는 길을 내준다. 그 여러 길 중 가장 인상적인 곳은 엘 칸타라(El Kantara)다. 카

'이제 당신은 사하라에 왔습니다'라는 사실을 시각적으로 강렬하게 인지시켜준다.

뒤의 일기에도 등장한 지역이다. 카뮈도 이곳에 와보고 싶었을 것이다.

> 엘 칸타라에서 겨울은 멈추고 영원한 여름이 시작된다. 검고 핑크빛 나
> 는 산. 프로망탱의 말.
>
> _『작가 수첩 Ⅲ』, p.121

사막의 정확한 경계를 짓는 것은 어렵다. 아틀라스산맥은 대략 사하
라 경계를 대신한다. 높은 바위산이 동서로 이어지다가 어느 순간 V자
형태로 쪼개진 듯한 형상인데 그 V자 아래로 물이 흐르고 그 옆으로 사
람들이 이동한다.

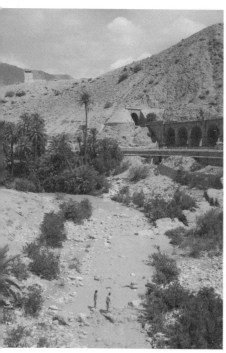

(왼쪽) 최근 내린 비로 물이 많이 불었다. 이곳 물 주변은 항상 녹색이다.
(오른쪽) 절벽 중간에 오래된 집의 흔적들이 보인다.

산맥 북사면의 물은 모두 이곳으로 모이기 때문에 모인 물은 곧 강을 이룬다. 옛사람들은 건조한 사하라로 떠나기 전 이곳에서 물을 뜨고 긴 여정에 대비하는 시간을 가졌을 것이다. 엘 칸타라에 대해 카뮈의 문학적 영웅인 앙드레 지드(André Gide)는 다음과 같은 글을 썼다.

엘 칸타라에서 나는 이틀을 머물렀고 봄은 야자수 아래에서 잉태되고 있었다. 벌은 윙윙대고 살구나무는 꽃을 피우고 물은 보리밭을 적셨다. 큰 야자수가 모든 곡물에 그늘을 제공해 야자수가 없었다면 하얀 개화

오토바이를 타고 이곳을 찾아오는 사람도 있다.

는 상상할 수도 없었을 것이다. 우리는 이 에덴에서 천국과 같은 이틀을
보냈고 그때의 기억은 웃음, 순수에 대한 것뿐이다.

곡물과 야자수를 함께 재배하는 영농방식은 사하라의 오래 된 문화
다. 이것은 연약하고 여린 식물들을 높이 자란 야자수 아래에 심는 방식
이다. 사하라의 끝없는 황량한 자갈과 먼지만 가득한 풍경에서 빠져나
와 이곳을 만나면 누구라도 물의 소중함을 절감하게 된다. 그래서 '천국

정비된 길을 따라 걸으면 된다.

과 같았다'는 지나친 표현이 아니라고 생각한다.

나는 바트나(Batna)를 거쳐 비스크라(Biskra) 지역으로 향했다. 더 정확히 말해 후피 협곡(Balcons du Ghoufi)을 보러 가는 길이었다. 전에 처음 이곳을 여행했을 때 내 현지인 친구 L이 꼭 가보라고 권했던 곳이다.

"뉴욕에 가면 어디로 갈까? 자유의 여신상에 가겠지? 파리는? 에펠탑이겠지. 비스크라에 가면 어딜 가야 할까? 바로 후피 협곡이야."

언덕이 시작되면서 오레스 산맥(Massif de l'Aurès)의 영향권에 들어왔음을 느꼈다. 해발고도가 안 높아 보이지만 실제로는 주변 봉우리(Djebel Chélia)가 2,328m일 정도로 매우 높은 지역이다. 이런 착시는 대자연에서 우리 시야를 방해하는 대상이 적기 때문 아닐까?

드디어 후피 협곡에 도착했다. 오레스 산맥과 아비오드 강(Oued

비스크라로 가는 길. 특히 도로변 풀들이 아름답다.

Abiod)이 만나 강한 대조를 선보이는 곳이다. 눈길의 위쪽에는 산맥, 아래쪽에는 강이 서로 존재를 자랑하는데 누런 빛을 띤 절벽이 맨살을 드러내는 듯 다양한 지층을 선보이니 눈길을 아무 데나 두어도 볼거리가 많다. 신기한 것은 급경사 절벽의 집 흔적들이다. 그곳에 살던 사람들은 그 급경사 절벽을 얼마나 자주 오르락내리락했을까?

친절하게도 우리가 서 있는 절벽 쪽에도 전통 방식의 집들이 많이 지어져 있었고 안내판을 따라 여러 집을 둘러보았다. 관광객들을 위해 새로 정비한 것 같았다.

주로 돌과 진흙으로 지은 집이지만 자세히 들여다보면 대추야자 나무 기둥과 줄기가 요긴하게 쓰였다. 나무 기둥이 천장의 보 역할을 하고 나무 줄기가 보와 보 사이를 메우는 방식이다. 일부 집에는 사람이 사는 것 같았다. 어느 집 정원에서는 아이들이 탐스럽게 익어가는 선인장 열매를 따고 있었고 길에는 가축 배설물이 보이기도 했다.

그 지역을 벗어나 좀 더 높은 곳으로 갔다. 그곳 전망이 더 극적이었다. 안 그래도 거대한 자연이 더 웅장하게 느껴졌기 때문이다. 수년 전 이곳을 방문했을 당시의 동행자들이 생각났다. 과거 그들과 함께 사진 찍었던 난간에 섰다. 그들의 안부가 궁금해졌다. 날이 저물기 전에 나는 숙소로 돌아가야 했다.

사하라의 심장,
타실리 나제르

albert camus, Algeria

카뮈는 사하라를 독서를 통해서만 경험할 수밖에 없었다. 그가 여행한 알제리 남부지역은 모두 사하라 시작 지점이어서 이곳 사람들 기준으로 진정한 사하라에 가보았다고 말하기는 힘들다.

'낮의 마지막 순간까지도 사하라 사막은 빛으로 가득하다. 여기서 밤은 기적처럼 찾아온다.' 도마의 『위대한 사막』을 읽을 것.

_『작가 수첩 Ⅲ』, p.121

사하라는 세계에서 면적이 가장 넓은 대표적인 사막이지만 사실 사하라의 중심에 대한 의견은 분분하다. 나는 그중 알제리 남부지역(특히 타실리 나제르(Tassili N'ajjer)과 타실리 호가르(Tassili Hoggar))로 본다. 지리적 다양성, 문화적 중요도, 사하라의 대표성 측면에서 이곳을 능가하는 곳을 찾기 힘들기 때문이다.

해질녘의 모래언덕. 정말 빛으로 가득했다.

(위) 자넷은 오아시스 마을이다.
(아래) 저 멀리 하천이 있다. 지표수가 없는 하천으로 띠를 이룬 식물들이 이 사실을 말해주고 있다.

그중 타실리 나제르는 모래사막이나 암석으로 이루어진 산(프랑스어로 '암석으로 이루어진 숲'Fortês de Rochers으로 표현하기도 한다)에 이르기까지 다양한 풍경을 품고 있다. 게다가 초기 인류의 암각화가 지천에 널려 있고 사하라 교역의 주요 교통로로 최근까지도 지역 중심지 역할을 하고 있으니 '사하라의 심장(Coeur du Sahara)'으로 불려도 손색없다.

알제에서 자넷(Djanet, 타실리 나제르 지역의 대표 도시) 공항에 도착하자마

(위) 도시 외곽의 대추야자 농장
(아래) 우리가 지나온 길

자 친구 K와 함께 숙소로 이동했다. 그리고 다음 날 4륜 구동 차량에 짐을 싣고 여행을 시작하고서야 자넷의 도시 풍경이 눈에 들어왔다. 자넷은 오아시스 도시이지만 흔히 생각하는 호수와 같은 물은 보이지 않는다. 사하라에서는 지표수가 있으면 빨리 증발하므로 호수는 잘 보이지 않는다. '보이는 것만 믿으면 안 된다'라는 진리를 여기서도 확인할 수 있다. 물이 안 보여도 이곳을 오아시스라고 할 수 있다.

이곳이 오아시스라는 것은 수많은 나무들이 증명한다. 물이 없는 곳에는 나무도 존재할 수 없는 단순한 이유 때문이다. 도심을 빠져나오면서 보았던 거대한 대추야자 농장은 도시에 활력을 더했다. 이 대추야자 농장은 열매 수확뿐만 아니라 외곽에서 불어오는 거센 모래바람의 도시 진입을 막는 역할도 한다.

우리 차에는 가이드와 요리사가 동행했다. 개인적으로 가이드 동반 여행을 선호하지 않지만 여기서는 외국인에게 필수적으로 여행사를 통한 여행만 허락하므로 불가피한 선택이었다. 바다와 사막 모두 모래를 갖고 있지만 카뮈는 사막의 모래밭을 제대로 경험하지 못한 것 같다.

항상 나는 모래밭에서 바다를 사랑했다.

_「작가 수첩 Ⅲ」, p.73

이센딜렌(Issendilen)이라는 지명이 보이는 표지판에서 우리 차는 포장도로에서 벗어나 본격적인 비포장도로(오프로드) 운행을 시작했다. 차가 모래 위를 지나가니 배를 탄 듯 몸이 들썩였다. 게다가 가이드인 압델라가 흥겨운 음악까지 틀어 더 그럴 수밖에 없었다.

사실 사하라 여행은 대부분에게 두려움을 갖게 만든다. 차가 고장나 옴짝달싹 못 하거나 갑자기 토착민이 공격해오는 등 온갖 상상을 하지만 아름다운 풍경을 시선이 쫓아가다 보면 어느새 그런 상상은 사라진다.

점심을 먹고 본격적인 트레킹을 시작했다. 압델라가 앞장서 이 지역의 이름을 설명해주었는데 투아렉(Touareg) 사람들의 언어로 '7개의 숨은 보물'이라고 했다. 숨은 보물이 무엇일지 나는 여러 이름을 대기 시

(1) 사람이 서 있는 모습의 바위
(2) 겔타 옆에 앉은 압델라
(3) 절벽 아래 압델라 친구의 집

사하라에 내던져진 존재가 되었다.

작했다.

　사하라에서 소중한 것은 물일 테니 우선 물은 맞을 것이고 나무를 피해 도로를 냈으니 나무도 해당할 것 같았다. 더우니까 그늘. 이렇게 조용한 곳은 보기 힘드니 고요도 맞을 것 같았다. 그 다음은… 농담 삼아 여자도 포함되냐고 압델라에게 묻자 그는 "여자가 있으면 남자들끼리 분쟁이 생겨. 그러니까 아니야."라고 대답했다.

　고운 모래바닥 위를 걸을 때마다 발이 미끄러졌다. 계곡 안으로 얼마나 들어갔을까? 드디어 길 끝에 있는 겔타(Guelta; 물이 고인 곳)에 도착했다. 겔타 안에 들어가도 된다길래 옷을 막 벗으려는 순간 압델라가 물 안에 악어가 산다고 농담을 했다. 그래서였을까? 잠시 나는 입수를 망설였다. 물이 너무 깊어 보였고 땀이 식어 어느새 한기까지 조금 느꼈다. 물속에 들어가면 미끄러운 점액으로 덮인 괴물이 내 발을 훑을까 두렵기도 했지만 이런 기회는 흔치 않으니 팬티만 입고 물속에 뛰어들었다.

　예상대로 물은 차가웠다. 우리 때문에 가지런히 정렬해 있던 물풀은 형태를 잃고 주변으로 흩어졌다. 나는 반대쪽까지 왕복해 수영하고 겔타에서 나왔다. 계곡에서 빠져나와 압델라가 아는 현지인 친구 집에 잠시 들렀다. 우리는 집 바닥에 앉은 채 차를 마시며 잠시 이야기를 나눌 수 있었다.

어느덧 늦은 오후가 되었다. 밤에 피울 모닥불에 쓸 땔감을 부지런히 구할 때가 되었다. 타마릭스(Tamarix: 사하라의 대표적인 식물로 건조기후에 매우 강함)의 오래된 뿌리가 땔감의 주 재료가 되었다. 압델라와 요리사가 저녁 식사를 준비하는 동안 나와 친구 K는 석양이 더 잘 보이는 근처 모래언덕에 올라가기로 했다. 해는 빠르게 저물고 있었다. 야속하게도 모래언덕은 생각보다 가팔랐다. 시간이 촉박해 마음만 급해지고 발은 경사에 자꾸 미끄러졌다.

모래언덕은 오르기도 어렵지만 내려가기도 쉽지 않았다. 어둠 속에서 저녁 식사를 마치고 우리는 비박할 장소로 이동했다. 반경 수 km 안에 우리밖에 없었다. 광활하고 조용한 공간에서 내 존재는 너무나 미미하게 느껴졌다. 인간은 세상에 내던져진 존재라고 하지 않는가?

이 세계의 비참함과 위대함: 세계는 진실을 제시하지 못하지만 사랑을 준다. 부조리가 지배하고 사랑이 부조리에서 구원해준다.

_「작가 수첩 I」, p.135

그럼에도 불구하고 세상에 내던져진 인간은 사랑을 통해 부조리에서 구원된다는 것이 카뮈의 생각이지만 생텍쥐페리의 관점은 달랐다. '나는 내 시대를 증오한다'라고 생텍쥐페리가 말한 적이 있으니 말이다.

Travel Sketch

사하라 트레킹을 안내하는 투아렉족 가이드

Chapter 18

알제의 아몬드나무

지친 그가 돌아간 곳

albert camus, Algeria

카뮈는 유럽생활을 힘들어했다. 가끔 알제로 돌아오면 생 조르쥬 호텔(Hôtel Saint-George; 다른 이름은 Hôtel El Djezair)에 주로 묵었다. 알제의 대표적 5성급 호텔 중 하나인 이곳은 당시 카뮈를 비롯해 많은 유명인이 거쳐간 곳이다.

내 말은 다만 불행으로 가득찬 이 유럽 땅에서 때때로 삶의 짐이 너무 무겁게 느껴질 때 나는 그렇게 많은 힘이 고스란히 남은 저 빛나는 고장들로 되돌아가 본다는 뜻이다. 나는 그 고장을 너무 잘 알아 그 고장들이 명상과 용기가 균형을 이룰 수 있는 선택받은 땅임을 모를 리 없으니 그 고장이 모범으로 보여주는 명상은 내게 우리가 정신을 구하려면 정신의 비명에 허덕이는 특질을 잊고 그것의 힘과 위세를 더 북돋아야 한다는 것을 가르쳐준다.

_『결혼·여름』, p.112

(위) 호텔 테라스
(아래) 생 조르쥬 호텔 통로

    호텔 정문 앞에 다다르면 경비원들이 멈춤 수신호를 보낸다. 운전자
는 차를 세워 트렁크를 열어주어야 하는데 이런 번거로운 절차는 알제
에서는 일상적이다. 내가 알제리 생활을 시작한 후 알제 도심 테러 소식
은 들어본 적이 없지만 이런 과도한 검문은 다 피비린내나는 과거 역사
때문이다.

    정문을 지나 오르막길을 조금 올라가면 건물 아래 통로를 통과해야
한다. 그때부터 호텔 리셉션까지 좁은 길이 이어지는데 회전 구간의 정

카뮈가 걸었을 호텔 정원

원이 시선을 끌므로 별로 지루하지 않다.

　현대적 스타일을 고수하는 알제의 대부분 5성급 호텔과 달리 이곳은 알제리 전통 요소를 많이 드러낸다. 외부로 돌출된 테라스, 화려한 장식으로 치장된 나무판 등이 그것이다.

　건축적 요소도 좋지만 나는 이 호텔의 매력은 정원이라고 생각한다. 매우 넓은 이곳 정원을 산책하면 숲속을 걷는 기분이다. 정원이 오래되면 나무들은 키를 알 수 없는 고목이 된다.

　알제에 도착했다. 해안을 끼고 가는 비행기에서 내려다보니 도시는 바다를 따라 던져진 빛나는 한 줌의 돌들 같다. 생 조르쥬 호텔 정원. 오! 그렇게 맞아주는 밤이여! 드디어 그 품 안으로 돌아가니 밤은 전과 다름없이 푸근하게 안아준다.

_『작가 수첩 Ⅲ』, p. 201

알제리의 이웃나라 튀니지에서 민주화 혁명이 일어났을 때 언론은 '자스민 혁명'이라고 불렀다. 그럴 정도로 북아프리카 전역에는 자스민이 많다. 손톱만한 꽃이지만 진한 향기를 뿜어내는 자스민은 다른 식물에 비해 향기 지속 시간이 길고 키우기도 쉬워 현지인들의 사랑을 받고 있다.

> 아침이다. 알제의 아름다움. 생 조르쥬 정원에서 자스민 향기를 들이마
> 시니 가슴 속에 기쁨과 젊음이 가득하다. 신선하고 쾌적한 도시로 내려
> 간다. 멀리 반짝이는 바다. 행복.
>
> _위의 책, p. 201

알제리 전역에 흔한 자스민이지만 호텔 안에서는 눈에 들어오지 않았다. 혹시 내가 빨리 지나가서였나 정원을 다시 둘러보았지만 여전히 자스민을 발견할 수 없었다. 다만 일반적인 자스민이 아닌 흔히 '겨울 자스민(Jasmin d'hiver)'으로 불리는 식물만 볼 수 있었다.

정원 바로 옆 카페로 들어갔다. 카뮈의 사진이 벽에 걸려 있었기 때문이다. 그는 처칠, 체 게바라 등의 유명인사들과 어깨를 나란히 하고 있었다. 카뮈가 이 호텔에 묵고 있을 때 그의 친구 메종쇨은 그를 비판했다. 당시 알제리에서 벌어지던 사태를 제대로 이해하지 못하고 멀리서 관망만 한다는 이유에서였다. 고작 1주일이나 6개월 동안만 알제리에 들러 호화로운 생 조르쥬 호텔에 머물면서 어머니만 만나고 간다는 것이 그의 주장이었다. 이 지적에 대한 카뮈의 반응이 궁금하다.

메종쇨은 카뮈가 호화로운 생활을 즐긴 것으로 기억하지만 나는 카뮈의 가난했던 시절이 우선적으로 떠오른다. 당장 호텔 정문에서 나오면

(위) 봄에 노란 꽃을 피우는 겨울 자스민
(아래) 카페 벽에 걸린 유명인사들의 사진

보이는 길만 하더라도 가난했던 카뮈를 연상시키는
데 히드라에서의 신혼 시절 그는 전차 요금 한 푼이라
도 아끼려고 알제 시내까지 약 5km를 걸어 다녔다.

나는 이 책을 쓰고나서 많이 걸었지만 별로 전진하지
못했다고 말하고 싶었을 뿐이다. 앞으로 나아가는 줄
로 알았는데 실제로는 가끔 뒤로 물러날 때도 있었다.
하지만 결국 나의 결점, 나의 무지, 나의 충실성 덕분
에 나는 『안과 겉』에서 개척하기 시작한 저 옛길 위로
항상 되돌아오곤 했다. 그 옛길의 자취는 그 후 내 모
든 행위에 나타나 있으며 나는 지금도 알제의 아침에
전과 다름없이 가벼운 도취감으로 그 길을 걷곤 한다.

_『안과 겉』, p.29

그가 가벼운 도취감으로 걸었을 거리는 아마도
히드라부터 알제 중심가까지의 거리를 말한 것이
아닐까?

밤 속으로 하루가 기우는 이 짧은 순간들이 비밀스러
운 신호와 부름으로 가득 차 있길래 내 마음속에서 알
제는 그 순간들과 그렇게 가까이 이어져 있다고 여겨
질까?

_위의 책, p.39

히드라에서 알제 시내로 걷다 보면 만나는 바다

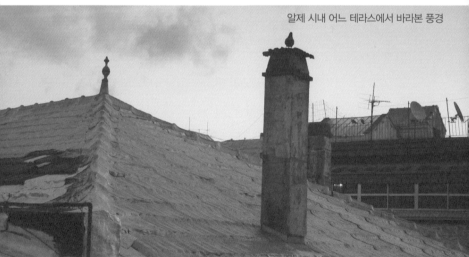

알제 시내 어느 테라스에서 바라본 풍경

아몬드나무를 찾아서

albert camus, Algeria

나는 '영사의 계곡(Vallée des Consuls)'을 찾아 알제 서쪽으로 향했다. 밥 엘 우에드에서 시작된 이 여정을 해변도로를 통해 진행할지, 고도가 높은 지역을 지나갈지 정해야 했는데 나는 산으로 난 길을 택했다. 산길은 좁았고 무엇보다 경사가 심해 타이어가 아래로 조금씩 밀렸다. 사실 나는 타이어보다 고장난 핸드브레이크가 더 걱정되었다. 경사에서 쭉 밀리면 대책도 없는 상황이었다.

전기에 의하면 '수아르 레퓌블리캥'지에서 일하던 마지막 며칠 동안 카뮈는 아프리카 노트르담 근처 큰 집에서 살고 있었다. '영사의 계곡'으로 알려진 이곳은 바다가 내려다보였고 아몬드나무(국내 번역본에는 주로 편도나무로 번역되어 있음)에 둘러싸여 있었다. 그가 이곳에서 에세이 『편도나무들』을 쓰기 시작한 것은 주변환경과 무관하지 않다.

초여름에 접어든 이때 아몬드나무 꽃을 보기는 불가능하다. 나는 아몬드나무의 존재라도 확인해볼 생각으로 계곡 위 지역에 올라섰지만 아몬드나무는 전혀 보이지 않았다. 보통 아몬드나무 꽃은 겨울을 이겨내고 초봄이 되어야 모습을 드러내는데 꽃이 없는 모습으로 나무를 식별하기는 쉽지 않다. 대신 너무나 화창한 하늘과 바다가 나를 맞이했다. 시야는 바다 쪽으로 뻥 뚫렸다. 흰 페인트로 칠해진 아담한 마을은 바다에 접해 있었다.

나는 아몬드나무 찾는 것을 포기하기 싫었다. 계곡과 평행한 도로를 통해 아래쪽으로 내려오면서도 정신없이 주위를 둘러보았다. 전에 살던 집에서 아몬드나무를 키워본 적이 있어 나무의 대략적인 형태와 줄기 색상 정도는 알아볼 수 있을 것 같았다.

아몬드나무가 속한 벚나무 속(Prunus)은 다 비슷하게 생겼는데 이 녀석들은 겨울을 이겨내고 꽃을 피워내는 대표적인 나무들이다. 한국은 전통적으로 봄의 전령으로 특히 매실나무 꽃을 유심히 바라보았는데 선인들은 매화를 사군자에 포함시켰다. 반면, 지중해 지역 봄의 전령은 아몬드나무라고 할 수 있다. 거무스름한 나무 줄기와 대비되는 흰 꽃은 누구나 한동안 그 아름다운 모습을 바라보게 만드는 매력을 지녔는데 그 아름다움은 고흐의 작품을 통해 전 세계에 알려졌다.

나는 알제에 살면서 항상 겨울을 잘 견뎌냈다. 어느 날 밤 2월의 싸늘하고 순결한 하룻밤에 레 콩쉴 계곡의 편도나무들이 하얀 꽃들로 뒤덮일 것을 알고 있었기 때문이다. 그런 후 나는 그 연약한 눈빛의 꽃이 모든 비와 바닷바람에 저항하는 것을 보고 황홀함을 금치 못했다. 그런데도 그 꽃은 매년 열매 준비에 꼭 필요한 만큼만 끈질기게 버텼다.

_『결혼·여름』, 「편도나무들」, p.111

영사의 계곡 위에서 바라본 아랫마을과 바다

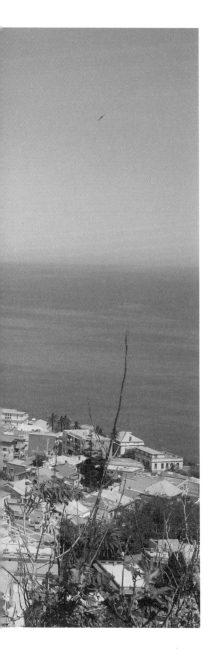

　확고한 정신자세를 갖자고 말하는 에세이 『편도나무들』에서 그는 아몬드나무라는 상징적 존재를 내세웠다. 흰빛과 수액의 미덕으로 모든 바닷바람에 맞서 저항하는 성격의 힘. 이곳에 와보니 카뮈가 왜 '바닷바람에 맞서 저항하는'이라고 표현했는지 이해가 되었다.

하지만 정신의 자신만만한 덕목은 어디 있을까? 앞에서 말한 니체가 무거운 정신의 치명적인 적으로 그 덕목들을 열거한 바 있다. 그는 그것을 성격의 힘, 고결한 취향, 이 '세계', 고전적 행복, 확고한 긍지, 현인의 냉정한 검박이라고 생각했다. 이런 덕목들은 지금 그 어느 때보다 필요하며 각자에게 적합한 덕목을 선택할 수 있다. 내기판의 엄청난 판돈을 앞에 두고 성격의 힘을 잊으면 안 된다. 이것은 선거운동 연단에서 미간을 찡그리거나 협박성 발언을 섞어가며 보여주는 성격의 힘이 아니라

차를 타고 내려오는 길. 아몬드나무가 아닌 다른 나무들만 보인다.

흰빛과 수액의 미덕으로 모든 바닷바람에 맞서 저항하는 성격의 힘을
말하는 것이다. 이 세계의 겨울 속에서 열매를 준비해주는 것은 바로 그
힘이다.

_위의 책, p.112

영사의 계곡을 따라 내려오다 보면 오른쪽에 아프리카 노트르담 성
당이 보인다. 언덕 위에 서서 당당한 자태를 자랑하는 이곳은 알제뿐만

아몬드나무는 꽃이 안 피면 멀리서 알아보기 쉽지 않다.

아니라 이렇게 외곽에서도 선명한 모습을 드러낸다.

계곡을 따라 내려온 나는 '혹시'하는 마음에 도로를 건너 해변까지 내려가보았다. 파도치는 해변 주위에는 창고인지 집인지 여러 채의 건축물이 있었다. 지중해 해적들이 활개 칠 당시 그들의 성채로 상상하게 만드는 모습이었다.

나는 바다에서도 아몬드나무를 찾겠다는 생각으로 근처 나무들을 정신없이 훑었다. 사실 부질없는 짓이었다. 아몬드나무는 해변에서 살지 못하니까. '그 연약한 눈빛의 꽃이 모든 비와 바닷바람에 맞서 저항하는' 모습을 보고 싶었지만 내년 봄을 기약해야겠다.

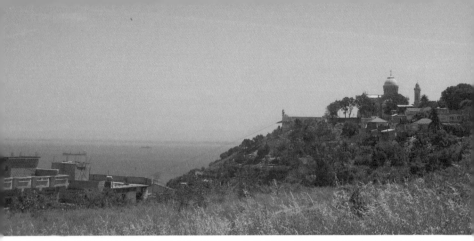

(위) 오른쪽 멀리 아프리카 노트르담 성당이 보였다.
(아래) 영사의 계곡에서 내려오면 만나는 바다.

Travel Sketch

카뮈는 알제로 돌아오면 넓은 정원이 인상적인
생 조르쥬 호텔에 주로 묵었다.

Chapter 19

그가 동쪽으로 간 이유는?

최초의 인간

albert camus, Algeria

지난 1세기 넘게 거대한 무리를 이룬 수많은 사람이 이곳에 와 땅을 갈
았고 어떤 곳은 점점 더 깊이, 어떤 곳은 가벼운 흙먼지만 불어도 뒤덮
일 만큼 점점 더 시답잖게 밭고랑을 팠다. 이 지역은 그렇게 잡초가 우
거진 원초 모습으로 돌아갔고 그들은 자식을 낳고 사라졌다. 그들의 아
들들도 마찬가지였고 아들과 손자들도 오늘날 자크 자신이 그렇듯 과
거도 윤리도 교훈도 종교도 없이 이 땅 위에 서 있는 자신을 발견했고
그렇게 된 것을 그것도 밝은 햇빛 속에서 어둠과 죽음 앞에서 고통에 사
로잡힌 채 그렇게 된 것을 행복해하고 있었다.

_『최초의 인간』, p 200

"튀니지로 갈래요? 운전해서."

친구 K의 제안에 나는 선뜻 그렇게 하자고 대답하지 못했다. 우리가
사는 알제에서 튀니지까지는 약 830km다. 쉬지 않고 달려도 10시간이

마을에 들어서면 보이는 담배 저장소

훨씬 넘는다. 둘이 번갈아 운전하면 부담이 덜 하지만 그래도 장거리 운전은 만만치 않다. 게다가 국경에서 보낼 무의미한 시간을 생각하니 벌써부터 머리가 지끈거렸다. 때마침 차 에어컨은 고장나 있었다. 에어컨 없이 한여름에 어디를 가겠는가?

"함께 가시죠."

며칠 후 새벽 6시에 우리는 알제에서 출발했다. 수도 알제에서의 교통체증은 매우 심각해 출근시간 전에 알제에서 빠져나갈 생각이었다. 이른 시간에 알제에서 빠져나와 고속도로에 진입한 우리는 나름대로 운전규칙을 정했다. 누가 운전하더라도 한 번에 최대 3시간을 넘지 않기로. 적절한 체력 안배로 안전운행을 보장받을 수 있을 것이다.

나는 처음 알제리에 왔을 때부터 여름날 이곳 들판이 왜 누런색인지 궁금했다. 한국의 녹색 빛과는 너무나 다른 색상이다.

지금은 그 이유가 이곳 작물의 주요 품종인 보리, 밀 재배 시기라는 것을 알지만 여전히 가을이 온 듯한 착각이 든다. 농부의 손길이 닿지 않은 곳에는 카뮈의 표현대로 '잡초가 우거진 원래 모습'으로 돌아가려고 했다.

안나바를 거쳐 국도를 타는데 지도에서 우연히 반가운 이름을 발견했다. 드레앙(Dréan; 전에는 몽도비(Mondovi)로 불림). 카뮈의 고향이다. 알제에서 워낙 멀어 쉽게 여행할 수 없던 곳이다. 나는 슬쩍 K의 의견을 물어보았다.

"카뮈 생가에 한번 가볼까요?"

K는 흔쾌히 찬성했고 그 때문에 대답 때문에 저녁 약속에 늦었다. 자전적 소설 『최초의 인간』 7장은 주인공이 자신이 태어난 곳을 찾아가는 과정을 그렸는데 그가 드레앙에 갔을 때 그의 아버지가 일했던 포도농장을 찾을 수 없었다. 두 번이나 농장 주인이 바뀌었고 무엇보다 주인이 포도나무를 몽땅 뽑아버렸기 때문이다. 내가 이곳에 찾아왔을 때도 포도나무는 구경하기 힘들었다.

드레앙 마을 입구에 들어서면 TABACOOP 회사의 담배 저장소가 보인다. 이 회사는 1920년대 만들어졌는데 이것으로 미루어 당시 이 주변은 포도뿐만 아니라 담배도 많이 재배했음을 알 수 있다.

그의 글에 의하면 19세기 중반 프랑스 본토에서 알제리로 처음 보내진 사람들은 죽을 고생을 했음을 알 수 있다. '배 밑창 깊은 데서 정복자들은 죽을병에 걸려 상대방의 몸에 구토하며 차라리 죽는 게 낫다고 울부짖다가 마침내 본(Bône; 현재의 안나바(Annaba) 지역) 항구에 입항'했고 자

(1) 카뮈의 생가. 1층은 슈퍼마켓이다.
(2) 프랑스대사관에서 붙인 카뮈의 기념명패가 누군가에 의해 떼어졌다.
(3) 여름 알제리 들판은 누런색이다.

신들이 머물 땅에 도착한 후 '민가나 농사지을 땅뙈기 하나 없이 그야말로 황량한 하늘과 위험한 땅 사이의 세상 끝'으로 느꼈다니 말이다.

그뿐만이 아니었다. 주변 강이 범람했고 오두막집을 짓자 사람들은 콜레라에 걸리기 시작했다. 무더위에 하루 10명씩 죽어 나가는 상황이었다. 치료약이 떨어지자 의사는 고심끝에 아이디어를 냈다. 피를 데우려면 춤을 추어야 한다는 것이었다. 그래서 사람들은 일과 후 밤마다 장례식 중간중간에 바이올린 소리에 맞추어 춤을 추었다고 한다. 그런데 놀랍게도 전염병이 멎었다.

우리는 드레앙 시내로 들어와 동네사람들에게 카뮈의 생가를 물어보았다. 만나는 사람마다 카뮈를 모르겠다는데 사실 놀랄 일은 아니다. 알제에 있는 그의 집을 찾으러 다닐 때도 똑같은 반응이었다. 나는 포기하지 않고 계속 수소문했다.

"프랑스 문학가로 노벨상 수상자예요. 알베르 카뮈 모르세요?"

모르겠다는 대답만 6번째다. 도대체 몇 번을 물어야 카뮈를 아는 사람을 만날 수 있을지 모를 상황이었지만 다행히 7번째 질문에 대답한 여성 경찰을 만났다. 그녀는 카뮈의 생가를 손가락으로 가리켰다.

"저기 빨간 천이 달린 매장 옆이에요."

그녀를 못 만났다면 카뮈의 흔적을 발견하지 못했을지도 모른다. 작은 상점 옆 카뮈의 생가에는 작은 명패조차 걸려 있지 않았다. 1913년 카뮈는 이곳에서 태어났고 채 돌도 안 되어 아버지는 전쟁터에서 전사했다.

아버지의 별세 후 어머니는 어린 두 아들 뤼시앵과 알베르를 데리고 알제 서민 주거지역인 벨쿠르의 친정어머니 집에 와 정착했으니 사

카뮈를 기념하는 오래된 명패

실 카뮈는 이 집에서 오랜 시간을 보내지는 못했다. 나는 매장 주인에게 물었다.

"2012년 프랑스 대사관에서 카뮈 기념명패를 단 것으로 아는데 그 명패는 어디 있나요?"

"누군가 떼어버렸어요. 여기 보세요. 흔적 보이죠?"

정말 흔적만 있고 명패는 남아 있지 않아 그의 생가는 사람들의 눈에 더더욱 띄지 않은 것이다.

그렇다. 그곳에서는 모두 덧없는 도시들을 건설한 후 자신의 마음속에서도 남들의 가슴속에서도 영원히 죽고 마는 주워 온 아이들이다. 인간의 역사가, 가장 해묵은 대지 위를 끊임없이 전진한 후 그렇게도 보잘것없는 흔적들만 남긴 그 역사가 기껏 발작적인 폭력과 살인, 갑작스러운 증오의 폭발, 그 지역의 강처럼 갑자기 불어났다가 마르는 피의 물결이 전부였다가 진정 그 역사를 만든 사람들의 추억과 더불어 끊임없이 내리쬐는 햇볕에 모두 증발하듯 말이다.

_위의 책, p. 202

"이리 오세요."

매장에 있던 주민이 앞장서더니 상점 옆 문을 열었다. 문을 여니 작은 공터가 나왔다. 그곳에 서니 카뮈 생가의 다른 쪽 파사드가 보였다. 그는 건물 2층에서 살았는데 목제 창문과 벽은 금방이라도 허물어질 것만 같았다.

그의 생가를 배경으로 어느새 내 옆 주민들과 기념사진을 찍었다. 그들은 내내 웃는 얼굴이었다. 자신들의 땅을 지배한 프랑스에 대한 원한이 남아 있겠지만 내 경험상 알제리 국민의 반프랑스 감정은 한국의 반일 감정만큼 심하지는 않다.

공터 쪽 카뮈의 생가 벽에는 그를 기념하는 다른 명패가 걸려 있었다. 하지만 녹이 슬어 명패 글씨를 알아볼 수 없었다. 그의 표현대로 '증발한' 것이다.

나는 그의 집에서 나와 드레앙 간선도로에 진입했다. 이 도로는 알제리 독립 이전에는 '알베르 카뮈가'로 불렸는데 흥미롭게도 알제리 독립 이후에도 10년 넘게 그 이름을 유지했다고 한다.

알제리 동부

albert camus, Algeria

튀니지 여행을 마치고 우리는 안나바에서 하루를 보냈다. 다음 날 서둘러 호텔에서 나왔다. 그런데 여러 화분을 호텔에 두고 나온 것을 한참 후에야 알았다. 그 화분들은 튀니지에서 구입한 귀중한 식물들로 그때는 호텔로 돌아갈 수 없는 상황이었다. 조수석에 앉아 멍하니 바깥 풍경을 바라보는데 호텔에 두고 온 녀석들이 눈앞에 아른거렸다.

본에서 몽도비까지 '길이 없는 곳'

_『최초의 인간』, P. 324

본(안나바의 옛 이름) 근처에서 내 의도와 달리 '길이 없는 곳'으로 향했다. 해변도로의 바다가 보고 싶었을 뿐이다. 이 루트는 K의 의견이었는데 이 해변 경치가 좋다고 했다. 우리의 루트 대부분이 산의 여기저기를 가로지르는 지방도여서 조금 걱정되었다.

사람의 손길이 덜 미친 지역의 식생 구조는 다양하다.

아침 일찍 출발해 산길에는 차가 거의 없었고 공기도 상쾌했다. 차가 많지 않아 식물들은 차도로 점점 다가와 도로 일부까지 점령했다. 각종 침엽수와 산딸기, 고사리류 등이 눈길을 끌어 전혀 지루하지 않았고 나무 사이로 가끔 시선을 허락하는 안나바 바다의 수평선이 떠오르는 해와 함께 장관이었다.

시간이 촉박하지 않아 풍경이나 식물이 궁금하면 도중에 차를 세웠다. 가장 신기했던 것은 파란 초본류였다. 온몸에 가시를 품은 녀석은 잎과 꽃이 파란색이었다. 자연에는 파란색 식물이 매우 드물어 더 소중하게 느껴졌다. 때로는 우리의 의지가 아닌 다른 이유로 차를 세울 수밖에 없었다. 산에 방사된 소떼 때문이었다. 우리가 다가가면 큰 뿔로 위협하는 듯했고 그때마다 차가 뿔에 받힐까 두려워 거의 기어가는 속도로 그들을 지나가야 했다.

안나바의 등대. 파란색 하늘과 바다와 대비되는 흰색이다.

어느 순간 길게 가로로 놓인 나무 기둥을 도로에서 발견했다. 더 이상
나아가지 말라는 의미로 누군가가 놓아둔 것이다. K와 나는 할 말을 잃
고 서로 한참 쳐다보았다.

"저쪽에 작은 길이 있는데 가볼까요?"

"아뇨. 그쪽은 길이 아닌 것 같아요."

"그렇다면…?"

"길이 막혔으면 왔던 길로 돌아가야겠죠."

알제리에서 이런 일은 충분히 가능하다. 우리는 무거운 마음으로 핸
들을 돌렸다. 멀지 않은 곳에 작은 카페가 있어 잠시 커피도 마실 겸 길
을 물어보기로 했다. 우리를 반겨주는 카페 주인과 동네사람들. 아까 막
힌 도로는 통제된 것이 맞고 대신 다른 우회로를 타면 스킥다(Skikda)로

항상 우리를 반겨주는 바다

빠지는 길을 찾을 수 있다는 정보를 그들로부터 들었다. 다행히 안나바 시내까지 돌아갈 필요가 없다는 말이었다.

그렇게 우회도로를 찾아냈고 차는 안나바 해변에 점점 가까워졌다. 나는 내비게이션에 캅 드 페르(Cap de Fer)를 입력했고 곧 오래된 등대가 나타났다. 흰색으로 칠해져 먼 바다의 배들은 이 등대를 쉽게 발견할 것이다.

차에서 내리자마자 나는 신기한 식물을 찾아 쭈그려 앉았고 K는 등대 뒤로 사라졌다. 나는 가까운 것에 끌렸고 그는 바다에 끌렸기 때문일 것이다. 가까이서 보니 식물뿐만 아니라 돌의 독특한 색상과 형태가 눈길을 끌었다.

한참 후 고개를 들어보니 K는 등대와 절벽 사이 아슬아슬한 공간에 서 있었다. 물론 그의 입에는 담배가 물려 있었다. 등대와 바다, 바닷바람을 맞는 K가 만드는 실루엣은 한 편의 그림 같았다. 하지만 명화가 될 수는 없었다. 볼록한 그의 배 때문이다.

"바닷물에 몸 좀 담글까요?"

내가 하려던 질문을 그가 했다. 우리가 있던 등대에서 멀지 않은 해변을 확인하고 그쪽으로 이동했다. 그 작은 해변은 하늘에서 보면 반달 모양이었는데 무엇보다 물이 맑고 바닥이 모래여서 수영하기 적합해 보였다. 나는 수영복이 없어 잠시 고민했지만 최대한 어두운 색상의 속옷을 가방에서 꺼냈다.

Travel Sketch

카뮈의 생가.
세월의 무게와 허술한 관리를 못 이기고 건물은 무너져가고 있었다.

Chapter 20

알제리를 생각하다

알제리 독립에 대한
그의 입장

카뮈가 세계적 문학가로 사랑받는 데 비해 정작 그가 태어나 자란 알제리에서 사랑받지 못 한다는 것이 안타깝다. 가장 큰 이유는 알제리 독립에 대한 그의 중립적 태도다. 카뮈는 20세기를 대표하는 지성인이어서 알제리 독립에 대한 그의 미온적 태도는 많은 사람에게 아쉬움을 주는 것이 사실이다.

1956년 1월 22일, 알제에서 카뮈는 유럽 및 이슬람측 자유주의적 인사들과 함께 〈민간인 휴전을 위한 호소〉를 내놓았지만, 이 주장은 민간인 학살을 멈추어달라는 내용이었지 알제리 독립에 대한 찬성을 하거나 새로운 민족국가를 건설하는 내용은 아니었다.

알제리. 내가 내 생각을 제대로 이해시켰는지는 잘 모르겠다. 그러나 나는 알제리로 다시 돌아올 때면 어떤 어린아이의 얼굴을 바라볼 때와 같은 느낌을 갖게 된다. 그렇지만 세상의 모든 것이 다 순수하지는 않

오늘날의 세티프 거리. 대학살의 흔적은 찾아보기 어렵다.

다는 것을 나는 알고 있다.

_『작가수첩 II』, p.145

대부분의 식민지배가 그렇듯 당시 프랑스가 알제리인을 다룬 방식은
잔인했다. 1945년 세티프(Sétif) 대학살을 예로 들 수 있는데 당시 알제
리인들은 프랑스 시민과 동등한 지위와 자치를 요구하는 시위를 벌이
다가 프랑스군의 발포로 수많은 사상자가 발생했다. 알제리인 희생자
가 15,000~45,000명이라는 주장도 있다. 그가 남긴 글을 보면 카뮈는

그의 조국 프랑스의 이런 잔혹한 식민지배를 알고 있었다.

> 제르맨 티이옹(Germaine Tillion)은 11~12살 아랍인 학생 30명이 쓴 작문도 내게 보여준다. 아랍인 교사가 아이들에게 "여러분이 남의 눈에 보이지 않는다면 무슨 일을 하겠습니까?"라고 질문하고 답글을 쓰게 한 것이다. 모두 무기를 들고 프랑스인, 공수대원, 정부 고위관료들을 죽이겠단다. 미래가 절망적이다.
>
> _「작가 수첩 Ⅲ」, p.288

카뮈의 글에 등장하는 프랑스 인류학자 제르맨 티이옹은 알제리 토속어 베르베르어를 배우고 오레스(Aurès) 지방의 문화를 적극적으로 연구했는데 알제리 독립전쟁 당시 알제리와 프랑스를 중재한 휴머니스트였다. 그녀에 의하면 알제리 아이들까지 분노할 정도로 프랑스는 가혹한 식민지배를 펼쳤다. 하지만 카뮈가 폭력에 침묵하거나 폭력을 수용했던 것은 아니다. 조국의 폭력에 대해서도 반대 의사를 분명히 표했다.

카뮈의 정의로움을 아는 사람이라면 그가 알제리 독립에 찬성했으리라 생각하겠지만 그는 그렇게 하지 않았다. 나치 독일의 프랑스 지배에 극렬히 저항했던 그가 프랑스의 알제리 지배에 대해서는 다른 논리를 편 것이다. 도대체 무슨 일이 있었을까?

그가 알제리 독립에 대해서만큼은 '정의'의 잣대를 댈 수 없었던 것은 알제리 땅에 계속 남아 있길 원했던 어머니 때문이었다. 알제리 국내 갈등이 격화될 때 그는 어머니 걱정에 알제리를 떠나 프랑스 본토에 정착할 것을 제의했지만 어머니는 거절했다. 그녀에게는 알제리가 모든

세티프의 아이들. 세티프 대학살 생존자들의 자손일지도 모른다.

것이었고 프랑스 본토는 낯선 곳이었다.

테러리스트가 수류탄을 벨쿠르 시장에 던져 장을 보던 내 어머니를 죽이는 경우에도 과연 정의를 옹호할 것인가라는 질문을 카뮈는 대중 앞에 물은 적이 있다. 그는 스스로 대답했다. 나는 정의를 사랑하지만 어머니도 사랑한다고.

카뮈가 정의를 추구하고 정의롭게 살려고 노력한 것은 사실이지만 그에게는 사랑도 중요한 덕목이었다. 누군가 사랑을 택하든 정의를 택하든 각자의 뜻대로 하도록 놔두는 것이 그의 생각이었기 때문에 정의 대신 어머니에 대한 사랑을 택한 것은 적어도 그가 자신의 말과 반대되는 행동을 했다고 할 수는 없다.

이것은 소설 『페스트』에서 랑베르가 사랑을 위해 페스트에 점령된 도시에서 혼자 빠져나가려는 대목에서도 확인된다. 누군가 도시에서 빠져나가면 질병이 확산될 수도 있어 사회적으로 용납될 수 없는데도 의사 리외는 랑베르의 행동을 허용했다.

> "아!" 하고 랑베르는 화를 내며 말했다. "나는 어떤 것이 내 직분인지를 모르겠어요. 아마 내가 사랑을 택한 것은 정말 잘못일지도 모르겠군요." 리외는 그를 마주 보았다. "아닙니다." 그는 이렇게 힘주어 말했다. "조금도 잘못한 것이 없습니다."
>
> _『페스트』, p.216

> "그런데 선생께서는 내가 떠나는 것을 말리지 않으시나요? 말릴 방법이 얼마든지 있는데요." 리외는 버릇처럼 된 몸짓으로 고개를 끄덕이고 말했다. 그것은 랑베르의 문제이고 랑베르는 행복을 택한 것이며, 리외 자신은 그에 반대할 뚜렷한 이유가 없다는 것이었고, 그 문제에 관해서 자기는 무엇이 옳고 그른가를 판단할 능력이 없는 느낌이라고 했다.
>
> _위의 책, p.266

오히려 그는 정의보다 사랑을 더 소중한 덕목으로 생각한 것 같다. 희곡 『정의의 사람들』을 쓸 당시 『작가 수첩』에 이런 말이 적혀 있었다.

암마르 알리(Ammar Ali) 박물관.
알제리 독립투사 알리를 체포하기 위해 프랑스군은 건물 한 채를 폭탄으로 날리기도 했다.

희곡. 도라 또는 다른 여자. "선고받은 사람들. 영웅이 되고 성자가 되
도록 선고받은 사람들. 강요된 영웅. 이런 것에 관심 없으니 아시겠어
요. *끈끈이*처럼 몸에 찰싹 달라붙는 이 중독되고 어리석은 세계의 더러
운 일 따위에는 관심 없으니까. 솔직히 말해봐요. 솔직히. 당신이 관심
있는 것은 사람들과 그들의 얼굴이라고… 진리를 찾는다고 주장하지만
결국 당신이 기대하는 것은 오직 사랑뿐이라고…"

_『작가 수첩 II』, p.289

알제리 독립에 대한 카뮈의 입장은 평소 소신과 다르지 않았지만 그

의 절충안은 당시 시대 상황에서 프랑스와 알제리 양국의 공격을 받을 만했고 그는 매우 괴로웠다. 그럼에도 불구하고 그는 자신의 일을 했다. 소설 『페스트』에서 의사 리외가 전염병에 맞서 자신의 임무를 '성실히' 다하듯 카뮈는 양국의 화해를 지속적으로 시도했고 항상 약하고 핍박받는 자의 편에 서는 데 주저하지 않았다. 식민계층으로서 작가 알퐁스 도데(Alphonse Daudet)처럼 프랑스 국익만 위한 일은 쉬웠겠지만 그는 그 길이 아닌 외로운 길을 걸었다.

> 땅을 돌려주시오. 가난한 사람들에게. 아무것도 가진 것 없는, 너무 가난해 뭔가를 원하거나 가져본 적이 한 번도 없는 사람들에게 모든 땅을 주시오. 이 나라에서 이 여자처럼 대부분 아랍인이고 얼마 동안은 프랑스인인, 고집과 인내만으로 여기서 살아가는 엄청난 수의 비참한 무리에게 땅을 주시오. 신성한 것은 신성한 사람들에게 주듯이. 그렇게만 되면 나는 다시 가난해지고
> 세상 끝 최악의 유적에 던져져 미소 짓고 내가 태어난 태양 아래에서 내가 그렇게 사랑했던 땅과 추앙했던 사람들이 드디어 한곳에 모였음을 알고 만족하며 죽을 수 있을 겁니다.
>
> _「최초의 인간」, P. 342

프랑스인이지만 그는 아랍인의 인권을 위해서도 최선을 다했다. 이를테면 아랍 운동원을 석방시키거나 경찰의 탄압으로부터 그들을 숨겨주어야 할 때는 언제든지 자신의 이름을 사용해도 좋다는 말을 한 적이 있을 정도였으니 말이다.

티파자 기념비에 새겨진 그의 이름은 훼손된 상태다.

　하지만 카뮈도 프랑스의 식민지배에 대한 알제리인들의 분노를 피할
수는 없었다. 티파자 기념비에 새겨진 그의 이름이 훼손된 것만 보더라
도 알 수 있다.

　제3자 입장에서 내 관점은 이렇다. 프랑스인 카뮈는 알제리 독립에
대해 찬성은 아니지만 프랑스의 가혹한 식민지배에는 찬성하지 않았고
알제리인 약자를 위해 힘썼다는 점은 인정해주어야 하므로 그를 바라
보는 알제리의 시선이 너그러워지기를 바란다.

그가 잠든 곳

albert camus, Algeria

그는 갑작스러운 죽음을 알제리가 아닌 프랑스에서 맞았다. 프랑스 남부 루르마랭(Lourmarin)이었다. 풍경이 알제리와 비슷한 이곳 여행을 이 글의 마지막으로 장식하려고 한다.

> 루르마랭. 그 많은 세월이 지난 후 첫 번째 저녁. 뤼베롱 저 산 위에 뜬 첫 별. 엄청난 침묵, 사이프러스 나무의 우듬지가 내 피로의 저 깊은 곳에서 떨고 있다. 엄숙하고 엄격한 고장 - 마을을 흔드는 그 아름다움에도 불구하고.
>
> _『작가 수첩 Ⅱ』, p.217

1945년 무렵 카뮈는 처음 루르마랭에 갔다. 작가 앙리 보스코(Henri Bosco)의 초대로 여러 작가와 친구들과 갔는데 아마도 당시 그는 이곳에 집을 구입할 것이라곤 예상하지 못했을 것이다. 루르마랭 묘지에 앙리

루르마랭 마을 중심부. 워낙 작아 마을 전체를 금방 둘러볼 수 있다.

보스코와 함께 묻히리라는 것도. 아마도 카뮈가 루르마랭에 대해 들은

것은 장 그르니에를 통해서일 텐데 장 그르니에는 알제의 고등학교에서

알베르 카뮈를 가르치기 직전 루르마랭 성에서 연구원 신분으로 지냈다.

카뮈는 노벨문학상 상금으로 드디어 자기 집을 사기로 했다.

> 르네 샤르와 뤼베롱 산등성이 길로 세 번이나 장거리 산책을 했다. 거센
> 빛, 광대무변한 공간이 나를 흥분시킨다. 나는 이곳에서 다시 살고 싶고
> 내게 맞는 집을 구해 정착하고 싶다.
>
> _『작가 수첩 Ⅲ』, p.348

카뮈와 그의 아내는 작은 마을 루르마랭에서 여러 집을 둘러보았지만 마음에 드는 집을 못 찾았다. 현재의 집은 카뮈의 마음에 들지 않았는데 그 집을 찾을 때까지 무려 15채나 둘러보느라 지친 카뮈 부부는 결국 계약을 했다. 카뮈는 루르마랭에 정착한 후 장 그르니에에게 이렇게 말했다.

"저는 선생님의 발자취를 따르고 있습니다."

나는 엑상 프로방스(Aix-en Provence)에서 버스를 타고 루르마랭으로 향했다. 출발하기 전에는 몰랐지만 루르마랭은 정말 작은 마을이어서 대중교통으로는 가기 힘든 곳이었다. 나는 도중에 버스에서 내려 택시를 잡아탔다.

마을 중심부에서 발견한 지도에서 카뮈가 생애 마지막을 보낸 집의 위치를 확인하고 알베르 카뮈가(Rue Albert Camus)에 접어들었다. 드디어 만난 그의 집. 문은 닫혀 있었지만 굴뚝에 연기가 피어오르는 것으로 미루어 누군가 사는 것 같았다. 이 집에 이사 온 카뮈는 텅 빈 집에서 이런 글을 남겼다.

끊임없는 빛. 가구 하나 없이 텅 빈 집에 여러 시간 우두커니 서서 포도나무의 붉은 낙엽들이 거센 바람에 불려 이 방 저 방으로 날아드는 것을 본다. 미스트랄 바람.

_『작가 수첩 Ⅲ』, p.350

이듬해 파리와 루르마랭을 오가던 그는 이렇게 썼다.

루르마랭 도착. 흐린 하늘. 정원에는 물을 머금고 무거워진, 과일처럼 풍미 있는 기막힌 장미꽃들. 산책. 저녁에는 붓꽃의 보라색이 더 짙어진다. 너무 지쳤다.

_위의 책, p.359

내가 루르마랭을 찾아갔을 때는 겨울이어서 장미나 붓꽃을 구경할 수는 없었다. 나는 그의 집을 뒤로 하고 그의 묘지로 가보기로 했다.

하늘 꼭대기에서 쏟아진 햇빛 물결이 우리 주변 들판에서 거세게 튀어 오른다.

앞에 보이는 대문이 카뮈의 집이다.
그는 노벨문학상 상금으로 이 집을 구입할 수 있었다.

Espace

Albert
Camus

(1)

(2)

(1) 루르마랭 공동묘지 입구
(2) 루르마랭에 마련된 '카뮈 공간'

이런 소란에도 모든 것은 잠잠하고 저 뤼베롱 산맥은 내가 끊임없이 귀 기울여 듣는 엄청난 침묵의 덩어리일 뿐이다. 귀 기울여보면 사람들이 멀리서 내게 달려오고 눈에 안 보이는 친구들이 나를 불러 옛날과 다름없는 내 기쁨이 커진다. 다행스러운 수수께끼 덕분에 나는 또다시 모든 것을 이해할 수 있다. 세계의 부조리는 어디에 있는가? 이 눈부신 햇빛인가? 햇빛이 없었을 때의 추억인가?

_『결혼·여름』, p.145

루르마랭 공동묘지에 다다르면 돌담과 대문이 있는데 이곳에 내가 왔을 때는 나밖에 없었다. 공동묘지 부지가 별로 안 넓고 내부에는 간단한 약도도 있어 카뮈의 묘를 찾는 것은 어렵지 않았다.

나중에 피에르 앙드레 에므리가 카뮈가 그렇게 사랑했던 티파자의 쑥 풀을 그의 묘지에 심었지만 프로방스 기후 때문에 너무 무성하게 자라 그 지방 토종식물들을 위협하자 결국 없앨 수밖에 없었다고 한다. 내가 갔을 때는 붓꽃과 협죽도가 무성했다.

묘비명이 없었다면 일반인의 묘지로 착각할 정도로 그의 묘지는 수수했다. 프랑스 사르코지 대통령은 그의 묘지를 파리 팡테옹으로 이전하길 원했지만 카뮈 유족의 반대로 무산되었다. 카뮈도 파리로 가는 것을 분명히 원하지 않았을 것이고 알제리와 비슷한 이곳에 그대로 묻혀 있고 싶었을 것이다.

우리의 허무주의 중에서 가장 암담한 것과 만났을 때도 나는 그 허무주의를 극복할 이유만 찾았다. 그것도 무슨 미덕의 소유자이거나 보기 드

주변 묘보다 수수한 그의 묘지

문 영혼의 숭고함 때문이 아니라 그 속에서 내가 태어났고 수천 년 전부
터 그 속에서 인간들이 고통 속에서조차 삶을 찬양하도록 배워온, 그 빛
에 대한 본능적인 충실성 때문이다.

_위의 책, p.153

Travel Sketch

그의 마지막 집은
알제리와 비슷한 점이 많은 프랑스 프로방스에 있다.

직접 인용

알베르 카뮈, 김화영 『결혼·여름』, 책세상, 1987
알베르 카뮈, 김화영, 『안과 겉』, 책세상, 1988
알베르 카뮈, 김화영, 『작가수첩 I』, 책세상, 1998
알베르 카뮈, 김화영, 『작가수첩 II』, 책세상, 2002
알베르 카뮈, 김화영, 『작가수첩 III』, 책세상, 1991
알베르 카뮈, 김화영, 『최초의 인간』, 열린책들, 1995
알베르 카뮈, 김화영, 『페스트』, 민음사, 2011
알베르 카뮈, 김화영, 『행복한 죽음』, 책세상, 1995
알베르 카뮈, 최헵시바, 『이방인』, 더클래식, 2014
장 그르니에, 김화영, 『섬』, 민음사, 1997
장 그르니에, 김화영, 『지중해의 영감』, 이른비, 2018

참고 문헌

[국내]
김화영, 『알제리 기행』, 마음산책, 2006
모르방 르베르크, 김화영, 『알베르 카뮈를 찾아서』, 나남출판, 1997
허버트 R. 로트먼, 한기찬, 『카뮈, 지상의 인간』, 한길사, 2007

[외국]
Albert Camus, 〈Le Rua〉, 1953.5.15.
Albert Camus, Misère de la Kabylie, 2010